Domineren Susan
Første del
(Domination og erotisk underkastelse)
Ved
Erika Sanders
Serie
Domineren Susan Bind 1 til 5

Forsidebillede: @ Svyatoslav Lypynskyy, 2023

Første udgave: 2023

Synopsis

Efter at have afsluttet college går Susan til sit første job, et job leveret af en familieven, Robert, som altid har haft et særligt ønske om sin vens datter.

Dette særlige ønske er at få Susan under hans herredømme ...

Denne publikation indeholder en række stærkt erotisk BDSM-indhold, hvor jeg beretter om Susans eventyr i hendes submissionsfacet.

Romaner med et højt romantisk og erotisk BDSM-indhold.

Indeholder følgende bind:

1 – Det nye job

2 – Reglerne

3 – Nyt legetøj

4 – Strafferummet

5 – Møde med mestrene

Bemærkning til forfatter:

Erika Sanders er en internationalt kendt forfatter, oversat til mere end tyve sprog, som signerer sine mest erotiske skrifter, langt fra sin sædvanlige prosa, med sit pigenavn.

Indeks

DOMINEREN SUSAN FØRSTE DEL (EROTISK DOMINATION) ---------ERIKA SANDERS

FORORD

Robert er en moden succesrig forretningsmand, gift med en søn på samme alder som Susan.

Deres familier har været nære venner i mange år, og han havde set hende vokse til en dejlig ung kvinde.

Han havde altid vist et åbent venskab over for pigen og havde gennem årene gjort hende opmærksom på hans kærlighed til hende.

I hemmelighed skjulte hans venlige forhold og hans hengivenhed for pigen hans mange mørke ønsker uden nogen chance for at få dem til at gå i opfyldelse.

Hendes totale underkastelse til ham var den eneste drøm, i hendes mørkeste tanker og en som hun ønskede ville gå i opfyldelse.

Susan er en nyuddannet pige med en handelsuddannelse i hånden og ivrig efter at opleve verden.

Ved at starte sit første rigtige job, en stilling tilbudt af Robert, en familieven, af respekt for sin far og anerkendelse af hans evner.

Men også, uden at hun vidste det, drevet af hans ønske om at besidde hende.

Hun er en sød, sensuel, men sød pige, som har haft den samme kæreste, Peter, siden hendes første år på college.

De er eventyrere, men de forstyrrer aldrig deres verden.

Hun ved, hvad hun vil, eller tror, hun ved, men hun er virkelig ret lydig i at lade andre guide hende gennem hendes livs veje.

DET NYE JOB

Han står foran bygningen og stirrer på glas- og stålfacaden.

Se alle de velplejede mænd og kvinder skynde sig ind og ud af indgangen.

Hun ser på sin egen korte nederdeldragt, sætter farten op og går ind.

Hun føler sig lille og en smule skræmt af mænd, der tårner sig op over hendes seks fod fem, da hun stiger op i elevatoren og går ind i sin nye arbejdsgivers virksomhed.

Hun ser sig omkring, og ser ham i receptionen tale med en bombeblond kvinde og fnise flirtende, mens hans smil lyser op i hans ansigt, da han vender sig mod hende.

Hun rødmer uden at vide hvorfor og bevæger sig hen mod ham med hælene klikkende på klinkegulvet.

Hans arm omslutter beskyttende hendes skuldre, mens han præsenterer hende for pigen ved skrivebordet.

"Anne, det er min lille Susy!"

Hun rødmer, så retter sig op og rækker hånden frem.

"Hej, jeg hedder faktisk Susan, dejligt at møde dig."

Han leder hende med en konstant hånd på hendes skulder til forskellige afdelinger og andre ledere.

Han introducerer hende som Susan, som hun er taknemmelig for, og som ønsker at gøre sit bedste i denne verden af stor rivalisering.

Hun forbliver tæt på ham hele formiddagen og prøver at lære en lang række navne udenad, før han endelig fører hende til sin kontorpakke.

Han viser hende skrivebordet i forværelset, der vil være hans det meste af tiden, hun er her.

Hun lægger sin pung fra sig og kører let med fingrene over de velvalgte møbler.

Hun bliver ført ind på hans kontor, hvor han peger på de overdådige mørke møbler, helt i læder og mahogni.

"Og det er her, jeg arbejder."

Han forlader hendes side for første gang og sætter sig ved sit skrivebord.

Hun føler sig underligt ensom, når hun står på dette store kontor foran ham.

Han tager nogle nøgler og fortsætter med at tale:

"Til venstre, bag hyggestuen, finder du en dør til et lille køkken. Dette underholder ofte kunderne. Barkøleskabet skal altid være fyldt med det, der står på listen, plus der er en menu. Du skal lære at lave mad alle de retter, hvis kokken ikke er tilgængelig. Jeg vil lægge det ind i dit træningsprogram."

Han havde bevæget sig hurtigt bag hende, skubbet hende mod døren og åbnet den.

Storøjet og i ærefrygt for størrelsen af virksomheden og de kontorer, hun ejede, kan hun kun nikke tåbeligt.

"Det vil være sådan."

"Ja herre," siger han med et smil, men strengheden af hans stemme ryster hende.

"Ja Hr ". Hun svarer automatisk.

Han tager hende i armen, bevæger sig ud af køkkenet og fører hende til et andet soveværelse med døren på samme væg.

"Og dette er mit private badeværelse, du kan bruge det, men kun med min tilladelse, forstår du Susy?"

Hun nikker igen ordløst til overfloden af dette badeværelse, og hun kommer sig, da hun mærker ham stivne, stammende:

"Ja Hr".

Han smiler over hendes lydighed.

"Han vil bruge medarbejdertoilettet nede på gangen, hvis han har behov, og jeg ikke er her."

Hun er hurtigere denne gang.

"Ja Hr".

På den anden side af rummet, to ens soveværelser med døre, som han viser dig.

"Dette er et privat mødelokale," ser hun hurtigt, mens han skynder hende afsted, "... og det er her, jeg hviler mig, hvis jeg skal overnatte i byen."

Værelset var mørkt, og en stor himmelseng og sære bænke dukkede op i det store rum.

Han nåede knap at mærke det, før han lukkede døren for ham.

Han tager hende tilbage til sit skrivebord, tænder for computeren og viser hendes personlige beskedtjeneste fra sit kontor til sin computer, der altid skal være tændt og åben.

Tilfreds med det passende "Ja" på de rigtige tidspunkter og sin naturlige tilbøjelighed til at være hjælpsom, lader han hende stå på skrivebordet for at sætte sig ind i sine nye omgivelser.

Han tester hendes opmærksomhed ved at sende hende små øjeblikkelige beskeder og smiler over hendes umiddelbare svar, mens hun læser opgaverne og forskellige tidspunkter, som de klagede til hende ved hendes skrivebord.

DET RIGTIGE BESKÆFTIGELSE

Han var tålmodig og venlig, da hun stiftede bekendtskab med hendes nye job i hans virksomhed.

Han talte ofte til hende gennem instant messaging-skærmen på tidspunkter, hvor hun ikke var til møder eller uden for virksomheden, og spurgte hende om hendes familie, venner, hvordan det gik med hendes kæreste, hvilket fik hende til at føle sig som hende. Du ser din kærlighed og ægte interesse for hendes liv.

I løbet af de travle første uger af sin træning tog han sig tid til at rådføre sig med hende og justere hendes tidsplan, hvis det var nødvendigt, og blev hendes mentor, hendes ven og nogle gange en streng faderfigur.

Han jokede med hende, spillede spil og snakkede venligt.

Samtalerne blev gradvist mere intime, som tiden gik.

De spillede ofte sandhed eller tør på computeren, og i spillet blev deres spørgsmål mere personlige og direkte.

Så holdt han en pause, mens han læste sit sidste svar.

Han havde forventet, at noget som dette ville ske, men han havde aldrig rigtig forventet, at det ville ske.

Her spillede hun sandheden og her var chancen for at turde med hende igen.

Hun valgte altid sandheden ... og hun indrømmede lige en tæsk fra sin kæreste, og at hun kunne lide det.

Med det skulle han begynde at gøre sin drøm til virkelighed.

Hun vidste, at hun nok aldrig ville spille det her med ham igen, og bakkede næsten tilbage og troede, at hun ville stoppe, eller endnu værre, fortælle det til nogen i virksomheden og derefter hendes familie.

Han måtte dog videre.

Hans langvarige ønske drev ham, og han begyndte at skrive.

Hun havde ikke valgt at turde, men han fortsatte med at skrive ...

***

"Jeg vover dig til at lade mig slå dig, Susy."

Hun stirrede, kunne ikke tro, hvad hun læste.

Hun var vokset tæt på ham, forgudet ham og den måde, han holdt af hende på og fik hende til at føle sig så speciel, næsten som om hun var hendes far.

Måske lavede han sjov med hende igen og troede ikke på, hvad hun havde fortalt ham om deres date aftenen før.

Hendes sind snurrede, mens hun tænkte på, hvordan hun havde følt at få smæk af sin kæreste, og hun vred sig på sædet, da hun indså, at hun skulle svare.

Han stirrede på skærmen, beskedboksen var tom, indtil videre og ventede på hans svar.

***

Han begyndte at flippe ud, men så så han, at hun skrev.

Hans hjerte bankede hurtigt, og han gik i panik, før han endelig så, hvad hun skrev.

"Ja Hr."

Hun skrev hurtigt og fik hende til at handle på sig selv og sit held:

"Så gå ind på mit kontor og luk døren. Når du kommer ind på mit kontor vil du adlyde alle mine ordrer, du vil ligge på mit skød uden at tale og du vil underkaste dig mine tæsk."

***

Hun blinkede til hans svar.

Dette spil blev seriøst, men det var bare et spil, ikke?

Testede han hende?

Skal jeg gå tilbage?

De var både nervøse og anspændte af deres egne årsager, klistret til computerskærmen.

Hun ønskede ikke at være den første til at trække sig tilbage og få ham til at drille hende.

Hun skrev:

"Ja Hr".

***

"Så kom til mit kontor, Susy, og luk døren."

Der var intet svar, men hun skyndte sig ind på sit kontor og lukkede døren som en skræmt kanin, vantro over, hvad hun lige havde accepteret, og troede, at han stadig legede med hende.

Han sad tilsyneladende uberørt, mens hans krop gjorde ondt på hende, og så hendes frygt, forvirring og varmen i hans øjne, der holdt hende i gang.

"Mit skød venter"

Hun tog et skridt frem, og han løftede sin hånd, stoppede midt i skridtet.

"Du gik med til at adlyde mig ind i dette rum, ikke?"

Synligt skælvende hviskede hun:

"Ja Hr".

Han pegede på jorden, blev modig og gryntede,

"Kryb mod mig."

Han så følelserne spille på hendes ansigt, modvilje, frygt, frygt, begejstring og til sidst underkastelse.

Han slap vejret, han holdt, mens han så begyndelsen på sin drøm blive til virkelighed, hendes lille krop faldt på knæ og derefter i hans hænder, da hun begyndte at kravle hen mod ham.

Han mærkede hans pik rykke ved synet af hende.

Det var hans endelig, om ikke andet for denne eftermiddag.

***

Hun kunne ikke tro, hun gjorde det her, denne mand, hun havde kendt hele sit liv, var ved at virkelig slå hende.

Spillet var gået for vidt, men hvorfor stoppede han det ikke?

Hun indser, at hun ville have ham!

Åh Gud, ville hun have ham?

Var der noget galt med hende?

Hvorfor føltes det sådan?

Hendes øjne låste sig på hans stærke krop i hans store stol, da hun nåede hans fødder og gled som en slange, hun flyttede på hans skød.

Han vidste, at det var forkert, men han kunne ikke lade være.

Uden ord, uden diskussion, uden at strøg hende for at være en god pige, slog hans hånd hårdt ind i hendes røv, og hun hvinede.

***

Han så på den smukke engel, der kravlede hen mod ham, hans sind gik til de mørkeste steder og måtte bakke, så ung og påvirkelig, at han ikke indså sit værd.

Han brugte al sin viljestyrke til at forblive passiv, mens hun glider ned på hans skød, sikker på at han kan mærke denne hårdhed i hendes mave, mens han løfter hendes nederdel, afslører en lyserød rem, løfter hånden og slår hende med al sin kraft.

Hvis kun for denne gang, han nød det.

Se hendes spændte muskler bølge under angreb, og hendes håndaftryk lyser rødt på hendes hvide hud.

Hun hviner og gisper:

"Åhhhhh thatooo hurtsleeeeee".

Hun hviner og vrider benene sparkende, mens han pisker hende dybt igen.

***

Hun mister overblikket over smæk, da smerte fylder hendes lille krop og varmer hende op.

Hun bemærker varmen, der starter i hendes lille fisse, og væden på hendes lår, mens han pisker hende.

Fortabt i sin varme og behov for at skrige, små tårer stryger hendes kinder.

***

Hans hånd bliver følelsesløs, mens han pisker hende hårdt og nyder stramheden af hendes hårde muskler, hendes skrig og bønner til hende om at holde op med at slå ham, mens han maler hendes lille røv lysende rød.

Han stopper da han ser hende våd mellem hans ben, utroligt nok, hendes lille krop rykker på skødet.

***

Hendes sind låste sig i denne mands kraft, mens hun gisper og skriger.

Mens han fortsætter med at piske hende hårdt og hurtigt, tager hendes krop over, mens hendes sind ruller, hun mærker varmen og det indestængte behov for en alt for uduelig kæreste og fortabt i fornemmelsen af, at hun kommer, bliver hård, og sin orgasme. sprøjter ud på hendes lår med denne simple tæsk.

Hun føler, at han stopper og dør indeni.

Hans skam fylder hende, mens hun skælver på hans skød, gisper og hulker.

Varmen fra hendes rødme fyldte hendes ansigt, så flov, hvordan kunne hun have gjort det?

***

Han smiler, da han ser hendes ansigt blusse af forlegenhed, holder hende på plads, vel vidende at dette er hendes øjeblik.

"I løbet af den næste uge vil du blive min slave. Dette vil være din kongelige beskæftigelse. Du vil adlyde mig i alt, hvad jeg befaler dig. Du vil altid være i syne og bede om min tilladelse til at tage af sted, hvis det er nødvendigt, selv om det kun er for at gå på toilettet. Jeg vil besætte dig, og du vil adlyde mig. I slutningen af en uge vil vi tale om det igen."

***

Hun ligger på skødet og mærker orgasmen af hans smæk og lytter til hans ord.

Det er et udsagn, ikke et spørgsmål.

Han indser, at han ikke har givet ham muligheder.

Hun vipper hovedet i skam og ryster over det, hun lige har gjort.

Og hun stønner:

"Ja Hr"

ACCEPTERER SITUATIONEN

"Din slave i en uge."

Ugen kunne ikke være så slem, da han altid havde behandlet hende som en prinsesse.

Selv efter hendes hårde tid for et par minutter siden og hendes anmodning om fuldstændig lydighed i en uge, havde han samlet hende op, tørret hendes tårer og sendt hende til hendes private badeværelse for at rydde op.

Hun stod foran spejlet og genoplevede sin skam, hun var en dårlig pige, og nu vidste Robert det.

For helvede!

Hun bed sig i læben og spekulerede på, om han ville holde alt dette hemmeligt, mens hun spillede hans spil.

For det var et spil, ikke?

Han kom ud af badeværelset, hans ansigt reflekterede ikke længere af det, der lige var sket, og hans røde numse var det eneste ydre bevis på det.

Hun gik hen til ham og mærkede, at hendes ansigt blev rødt igen, og han rakte hende sin spermagennemblødte rem.

"Ok, så godt. Men vi har begge mennesker, som vi elsker, og det her var, ummm, sjovt, men jeg vil ikke have, at nogen af dem skal vide ..."

Da han så hendes dybe rødme og hørte selvbebrejdelsen i hendes stemme, afbrød han hende ved at trykke på hendes fordel:

"At du lod mig slå dig, indtil du fik orgasme? At du har sagt ja til at slave for mig i ikke mindre end en uge? Min søde Susy, du er en meget fræk tæve!"

Han så hende blegne ved det sidste ord, indtil han sænkede hovedet for at se ned på sine fødder.

Foran sig løftede hun hagen og holdt den lyserøde rem foran sig, og han smilede.

"Forstå, at jeg heller ikke vil såre vores familier. Men fra nu af vil du kalde mig Mester, når vi er alene. Jeg, min søde skat, er en Mester og som sådan har jeg brug for en slave. En uge her på arbejde og i slutningen af ugen taler vi igen, og vi vil se, hvordan vi fortsætter derfra."

Med det stak han remmen ned i lommen og vendte tilbage til sit skrivebord.

Han løftede en konvolut til hende og mødte hendes spørgende øjne.

"Dette er en liste over de regler, du skal følge i løbet af ugen. Du kan gå hjem nu og studere det der. Kom tidligt i morgen, vi har meget at lave. Jeg ses klokken syv om morgenen."

Han rejste sig og kyssede hendes kind blidt, han forlod kontoret og sluttede dagen.

Da han nærmede sig for at kysse ham, hørte han ham hviske: "Ja, Mester", hvilket fik ham til at smile bredt.

REGLERNE

Den nat lå han i sengen og læste sine instruktioner for ugen og rystede på hovedet.

Det føltes meget ubehageligt, men af en eller anden grund kunne hun bare ikke sige nej.

Men jeg skulle have sagt nej.

Han havde ret, hun var en hore.

Hun havde ønsket at mærke, at han slog hende.

Hendes kæreste var sød, men han kunne aldrig rigtig tæske hende, som Robert havde.

Hun havde følt hans hårde pik presset mod hendes mave, mentalt i betragtning af dens størrelse og form.

Hendes kæreste blegnede i forhold til hendes fantasi.

Hun faldt i søvn, da hun genoplevede smæk og tænkte på ugen forude, med hendes hånd fanget mellem hendes ben og fik hendes anden orgasme på dagen.

***

Vågnede tidligt for at gå i bad.

Han barberede alt som anvist i reglerne og klædte sig omhyggeligt på.

Hendes hår var bundet op i en vellavet hestehale.

Og hun klædte sig i en camisole under sin bluse i stedet for en bh, taknemmelig for sine muntre små bryster og smuttede sine trusser under sin korte nederdel.

Med makeup på som anvist, greb hun sin pung og løb ud af døren lige i tide til at nå den tidlige bus til arbejde.

Fraværet af, at den sædvanlige morgentrafik var så tidligt, fik bygningen til at virke underligt øde, da hun ankom, tænkte hun, da hun steg op i elevatoren.

Da hun trådte ind på det tavse kontor, blev hun overrasket over at se lyset tænde, og at han allerede var der.

Han flyttede sig til sit skrivebord og skrev hurtigt "Godmorgen, Mester" for at fortælle ham om hans ankomst.

***

Han kiggede på sit ur og smilede.

Lige til tiden.

Han havde brugt natten på at planlægge ugen forud.

Belønningen for de akkumulerede år, hvor han havde brug for at besidde denne smukke pige, der var så besat af ham.

Han havde brug for, at hun accepterede sin nye rolle, til at slavebinde hendes krop og sjæl, og hun havde kun en uge til at gøre det.

Han havde planlagt natten igennem, inden han besluttede sit næste træk.

Smilende skrev han:

"God pige, du er her til tiden. Kom til mit kontor, luk døren og klæd dig af. Så gå ind i midten af rummet og vent der."

***

"Ja Herre."

Hjertet bankede, hun gik ind på sit kontor og lukkede døren efter sig.

Hun mærkede hans øjne opmærksomt iagttage hende, vendte sig om og tog et skridt frem.

Langsomt fjernede hun hvert tøj, hun havde på, og lagde det på gulvet ved siden af sig.

Til sidst nøgen placerede hun sig på det bløde tæppe, midt i rummet, for at være prisgivet hans nåde, hans slave.

Hun så ham, da han rejste sig og flyttede sig fra sit skrivebord.

Han svævede rundt om hende, mens han så hende, top til tå, hver centimeter af hendes hud, uden at røre hende, men så tæt på, at hun kunne mærke varmen fra hans krop på hendes gåsehud.

Pludselig vendte han tilbage til sit skrivebord, bad hende om at klæde sig på og gå på arbejde, og stoppede hende med at være opmærksom på at fortsætte med sit arbejde.

***

Han kunne se hendes forvirring og skuffelse, da hun klædte sig på og vendte tilbage til sit skrivebord.

Han vidste, at hun var parat til at gøre, hvad han besluttede, at adlyde hans vilje og endnu mere, at hans ydmygelse og skam fik hende til at spille hans spil, men han ville ikke presse for hårdt på.

Han havde brug for, at hun ville mere, havde brug for mere.

Han vendte sig om for at se på sit træningsprogram på sit skrivebord.

Hans kulinariske lektioner gik godt.

Folkene i virksomheden så ud til at kunne lide det.

Han bankede på hagen, da han tænkte, at det måske snart ville være i luften at bestille en middag til hende med nogle venner fra klubben.

Han sad ved sit skrivebord med sit sind og huskede de tæsk, han gav hende, hans pik svulmede af det, hans hånd, der strøg mod hende, mærkede ophidselsen, så hende nøgen og så villigt lydig, at det næsten fik ham til at glemme sine planer, sit begær og behov. at dominere pigen.

Sendte en chatbesked:

"Onanerer du, Susy?"

Han ventede, mens den øjeblikkelige besked blinkede på hans skrivebord.

Han kunne forestille sig, at hun tumlede og knugede sin kusse ved spørgsmålet, men hun havde allerede tilstået så meget mere under deres spil.

"Ja, Mester, ofte."

Han skrev følgende besked, idet han valgte sine følgende ord omhyggeligt, fordi han ikke blot ville lege med hende, men også få ham til at tænke:

"Kan det være, at denne unge mand, som du ikke ser meget, ikke tilfredsstiller dig nok, lille tæve? Måske vil denne uge hjælpe dig med at forblive tilfreds."

Hermed afsluttede han samtalen.

***

Ved sit skrivebord var hun forbløffet over svaret og den bratte lukning af samtalen, men hun blev tilbage og reflekterede over hans ord.

Senere, travlt med sit arbejde, indså hun ikke, at han var kommet bag på hende, før hans hånd krøllede sig sammen på hendes skulder og hvilede på hendes højre bryst.

Han lænede sig ned for at hviske i hendes øre:

"Jeg ser bare min lille tæve arbejde hårdt."

Han kælede for den hærdede brystvorte og lyttede til hendes vejrtrækning, og smilede.

Han fjernede derefter hendes hånd og forlod sit kontor, før han vendte sig mod hende:

"Du ved, Susy, det bliver en meget tilfredsstillende uge."

***

Han holdt hende nervøs hele dagen med små kærtegn og små vittigheder, der altid fik hende til at ville mere til hans ubevidste bevægelser og hun rødmede mere og mere.

Tilfreds med, at han havde vakt sit behov hele dagen, ville han have mere.

Budbringeren flimrede på sit skrivebord.

"Før du går i dag, lille tæve, vil du dukke op ved mit skrivebord og bede om tilladelse til at forlade min tjeneste for dagen."

***

"Ja Herre." Han skrev og skyndte sig hurtigt at afslutte, hvad han lavede, og rydde op på sit skrivebord.

Hun var lidt spændt.

Han havde drillet hende hele dagen, hendes trusser var våde og klistrede, og hun kunne ikke tro, hun havde det så varmt.

Hun rødmede, da hun vidste, at hun var den lille tæve, han kaldte hende, men hun kunne ikke lade være.

Hun rejste sig og gik ind på hans kontor og lukkede døren og ventede på, at han skulle bringe hende tættere på.

Det var sådan i et par minutter, selvom det virkede som meget længere.

Dette gjorde hende mere nervøs, indtil han så på hende og pegede på et sted på gulvet ved siden af hendes skrivebord.

"Her, Susy."

Hun fløj næsten til stedet og ville være i nærheden af ham igen.

Da hun så smilet tænde hendes ansigt ved hendes sult, fyldte hendes rødme hendes ansigt igen.

"Før jeg rejser, er der endnu en ting, jeg skal evaluere." Han kunne se hende ryste let, da hun optog hans ord. "Vær en god hore og læn dig over skrivebordet foran mig, Susy."

Da han så hendes udseende af misforståelse, ventede han ikke på, at hun skulle bevæge sig, men rejste sig i stedet op, tog hende i armen og pressede hende til at læne sig op ad skrivebordet, hendes fødder rørede næsten ikke gulvet.

Han kørte sine hænder op ad hendes lår og spredte dem bredt, og han klikkede hårdt med tungen.

"Min lille tæve Susy, hvad har du gjort i dag for at blive så våd?"

Da han hørte hendes lille gråd og så den dybe rødme, smilede han over hendes reaktion.

Han kunne sagtens have bebrejdet hendes konstante spil for hendes ophidselse, men hun forblev tavs og skammede sig over, at han kaldte hende en hore.

Han kørte fingrene over de våde bomuldstrusser og fortsatte.

"Hvad skal vi stille op med sådan en våd tøs?"

Han krogede fingrene ind i hendes trusser, strøg hende over hendes våde slids og så hende vride og gispe efter alle de lege, han udsatte hende for i løbet af dagen.

Han tog fat i hendes klit mellem tommel- og pegefinger og klemte langsomt, og knurrede:

"Svar mig, lille tæve!"

Da han hørte hende stønne højt og så hende skælve, smilede han igen.

Presset mod hendes skrivebord spredte hendes lår sig bredt.

Hun mærkede hans ydmygelse over hans ord fylde hendes ansigt med farve og gjorde hende endnu mere våd.

Hans legende hænder og fingre holdt hende nervøs hele dagen, hendes lille krop krævende og trængte til hans berøring.

Nu fik følelsen af hans fingre, da de strøg hendes fisse, hendes hofter til at bevæge sig ubevidst.

Hans øjne blev store, da hans fingre greb og klemte hendes klit, og hun stønnede højt:

"Ja, Mester, jeg mener, nej Mester, åh, Gud!"

"Du ved, hvad du skal gøre!" Hun hvinede, da han slog hendes numse hårdt.

Han fortsatte med at klemme og forårsage smerte i hendes lille krop, mens hun skreg igen.

Hans øjne blev fyldt med tårer, da han slog hende igen og krævede et svar:

"En tæsk, mester!"

Hun mærkede hendes klit rykke, da han slog hendes lille røv igen.

Hun buede sig af smerte, tårerne strømmede ned over hendes ansigt, hun fik en orgasme og skreg ud af sin smerte og behov.

Han trak sin hånd tilbage og så på horen, så glad for, at hun næsten tiggede ham.

Han løftede hende op og kyssede hendes tårevædede ansigt, mens hun rykkede ukontrolleret i hans arme, gned hendes ryg og beroligede hende.

Han førte hende til badeværelset.

"Løs din makeup min lille tæve, vi vil ikke have, at folk skal tro, at vi her spiller noget."

Han så hende se på sit brede, drillende smil, mens hun rødmede dybt og sænkede hovedet.

***

Mens hun bøjede sig ned for at vaske og ordne sit ansigt, huskede hun, hvordan det føltes, da han rørte ved hende.

Den tilsyneladende hårdhed under bukserne.

Hendes sind vandrer med billeder af, hvordan hans pik må være.

Hun rystede.

***

"Da du er sådan en ubehagelig pige, men du har et engleansigt, vil du have våde trusser på, Susy, lad folk spekulere på, om englen er så uskyldig, som han ser ud til!" Han frydede sig over det gysende udtryk i hendes ansigt. "I morgen, efter du har taget bad, vil jeg have dig til at vælge dine yndlingstrusser og lægge dem over den lille fisse." Hans sind lynede mindet om hendes stramme, nybarberede fisse fra hans inspektion den morgen. "Så jeg vil have, at du onanerer til randen af orgasme og derefter stopper, gør dig færdig og tager på arbejde. Så snart du ankommer, så kom til mit kontor."

Hans øjne blev store, hans hjerte begyndte at hamre febrilsk.

Det, han bad om, var lidt skandaløst, men hendes fisse strammede sig, og hun mærkede, at det dryppede endnu mere.

Med skælvende stemme svarede hun "Ja, Mester".

Han så på hende med gennemtrængende øjne, der fik hende til at rødme mere.

Hans hånd gik rundt om hende for at røre ved hendes våde, bomuldsbeklædte fisse.

Så hvisker han i øret med en truende knurren:

"Og lad være med at have sex med din uopmærksomme kæreste i denne uge, Susy. Du er min i denne uge. Forstår det?"

Hans ansigt lyste strålende op, da han hviskede: "Ja, Mester."

***

Den nat sov hun til og fra.

Hendes drømme var fyldt med ham, hans krop var så ophidset, at han virkede konstant våd og trængende.

Hun overvejede at ringe til sin kæreste.

Hvordan kunne Mesteren finde ud af, om han gjorde det?

Hun vidste inderst inde, at det ville få hende til at føle sig frustreret og skyldig, så hun begravede sit hoved i puden og forsøgte at falde i søvn igen.

***

Næste morgen, efter lange forberedelser, tog han på arbejde, på urolige ben, mens han rejste.

Han så sig omkring for at se, om folk kunne mærke hans ophidselse, hans brystvorter blev konstant hærdet af hans behov for at komme og fik hans lille knap til at irritere ham.

***

Hun gik direkte til sit kontor ved ankomsten.

Han talte i telefonen med en, og da hans øjne vendte sig mod hende, dukkede et smil op.

Han tog en kuglepen og skrev "klæd af" på notesblokken ved siden af ham.

Han vendte siden til hende og viste stedet foran hendes stol mellem hendes spredte ben.

Hendes ben rystede, da hun lydigt gik rundt om det store skrivebord og begyndte at klæde sig af.

Han dækkede mundstykket med hånden og hviskede:

"Langsomt er det ikke en lægeundersøgelse"

Han blinkede til hende, og hun rødmede og nikkede og forstod, at han skulle klæde sig mere sensuelt af.

Dette gjorde han, og til sidst hørte han ham sige:

"Undskyld Harry, jeg er nødt til at forlade dig nu. Jeg ringer til dig senere, nogen kræver min opmærksomhed."

Han smilede til hende og lagde telefonen på.

Han inspicerede hende kritisk, kørte en finger ned over hendes inderlår for at mærke hendes vådhed, lænede sig derefter tilbage og førte sin tunge hen over spidsen af hendes våde finger.

"Vend dig om og bøj dig ind over skrivebordet din lille tæve, og med spredte ben."

Hun vendte sig om og vendte sig om og præsenterede sin stramme lille røv for ham.

Mens hun så den lille spids af stoffet, der spirede ud af hendes kusselæber, klemte han den og begyndte fristende langsomt at trække.

Storøjet og næsten vandet af følelsernes og følelsernes hvirvelvind bevægede han hendes trusser og så hendes fisse dryppe endnu mere, når hun løftede dem.

Da stofstrimlen kom ind i hendes slids, trak han hårdt og så hendes ansigt i vinduets spejling, mens hun bed sig i læben og stønnede.

Da han slog hendes bare bund og bad hende rejse sig, så han kritisk på hende, mens hun rettede sig op og vendte sig mod ham.

Efter sin inspektion slog han hende på numsen endnu en gang og beordrede hende til at ordne sit tøj, tage hendes gennemblødte trusser på og gå tilbage på arbejde.

Det rødme og forundrede udtryk i hendes ansigt glædede ham meget.

Så vendte hun ryggen til ham og tog telefonen for at genoptage deres tidligere samtale, hendes øjne fokuserede på hendes spejling i skillevæggene på hendes kontor.

"Oh yeah." Han tænkte ved sig selv: "Dette bliver en meget tilfredsstillende uge. Og hvis min plan lykkes, vil den vare meget, meget længere end en uge ..."

MØDE MED EN LEDER

Han vendte tilbage til sit skrivebord, hans ansigt rødmet af forlegenhed og forlegenhed.

Det var ikke engang faldet ham ind at sige nej og stoppe spillet.

Han sad i lange minutter og spekulerede på, hvad der kunne ske, hvis han gjorde det.

Gud, tænkte hun. "Ville jeg fyre hende og forklare hendes familie hvorfor eller fortælle dem, at hun var nødt til at gøre det, fordi hun var så fræk?

"Måske," ræsonnerede hun. "Hun kunne gå til sin far og fortælle ham, hvad denne mand fik hende til at gøre, men hun blev deprimeret, da hun indså, at han ikke rigtig havde gjort noget, hun ikke havde sagt ja til eller bedt om, og hun kunne ikke fortælle sin far det."

Hun smilede og tænkte på sin kære far.

Hun var hans søde engel, og hun kunne ikke holde ud at skuffe ham med sandheden, at hun var en lille vix, som Mester Robert kaldte hende.

Fortabt i sin drømmeri, så hun ikke den blinkende onlinemeddelelse, før det var for sent.

En anden og tredje besked dukkede op "HER NU!"

Hun hørte næsten ham skrige, mens hun hoppede og rystede i forventning.

Hun svarede. ikke, men løb ind på sit kontor og stoppede lige ved døren.

Da han trådte ind, og uden at tale, gjorde han tegn til hende om at lukke døren og pegede på et sted foran hans skrivebord.

Hun gik langsomt hen til stedet og stod forventningsfuldt, da han var færdig med at skrive noter på sin computer.

Han så skuffet på hende og rystede på hovedet.

Hans tavshed gjorde hende mere nervøs, og han rejste sig og forfulgte hende, trak hendes nederdel op, blottede hendes stadig våde trusser og slog hendes numse hårdt.

Han nød hendes hvin, vendte hende rundt og klemte hendes hage hårdt, fik hende til at se ham ind i øjnene.

Han lænede sig ind i hendes ansigt og knurrede: "Jeg, Susan, er din Mester! Du, min pige, er min slave, og din uopmærksomhed får mig til at tro, at du skal huske det."

Han så på, hvordan hendes øjne forvildede sig fra hans.

"Se på mig!" Han knurrede ind i hendes ansigt og nød hendes suk, mens hendes øjne løftede sig til ham.

Hun så op på ham og begyndte at stamme undskyldninger, men han pressede sin hånd tættere mod hendes hage, hvilket gjorde hende tavs, mens hendes øjne fyldtes med tårer.

Hun så så smukt sårbar ud, at hans pik rykkede.

"Du skal selvfølgelig straffes, men jeg tror, du ville nyde at få endnu en tæsk, ikke, min lille tæve?"

Han så med tilfredshed, hans forlegenhed skyllede over hans ansigt, mens hans mørke øjne så op på hende.

"Jeg venter på en af lederne, og jeg har ikke tid til at forholde mig til din ulydighed lige nu," og sendte hende hen til hjørnet af sit kontor bag sit skrivebord, og hun fortsatte, "Stå i hjørnet som den frække pige det er du, mens jeg mødes med Alan."

Han mærkede hende stivne og så hendes hænder begynde at glide ned af hendes nederdel, men han slog hendes numse hårdt og efterlod et rødt og varmt indtryk.

"Lad nederdelen være som den er. Kryds dine arme foran dig, hvis du ikke engang kan følge den simple instruktion."

Han hørte hende stønne og kvæle en hulken, og med et smil, der gjorde hendes ansigt lettere, vendte hun tilbage til sit skrivebord.

Hun blegnede fysisk, da hun hørte ham hæve stemmen og råbe:

"Kom ind Alan. Jeg er ked af, at min assistent ikke var der for at lukke dig ind."

Han hørte en dyb stemme klukke, da Alan trådte ind.

"Intet problem, Robert. Jeg kan se, du har lavet om her. Meget flot må jeg sige, og det strejf af rødt, du har tilføjet, fantastisk!"

Hans sind løb:

"Snakkede han om hende? Sikkert ikke"

Men hun kunne ikke lade være med at en lys rødmen dukkede op på hendes kinder, da hun kiggede ud af det næste vindue.

Hun forsøgte at holde sig stille og ikke blive forvirret i håbet om, at hun ville forsvinde i baggrunden, mens de talte om en klient eller noget andet.

Til sidst sluttede mødet, og Alan forlod glad:

"Jeg tror, jeg kunne indrette mit kontor på en lignende måde, Robert, men måske med et nordisk tema."

Han gav Robert et snedigt blink og tilføjede:

"Jeg bliver skør, når jeg ser en kurvet blondine. Måske er det på tide at gøre Anne til min personlige assistent."

Han grinede højt, da han gik, og hun krøb sammen indeni.

DET NYE LEGETØJ

Han lod hende stå der i endnu en halv time, mens han udfyldte rapporter på computeren, før han til sidst kaldte hende for at komme til ham.

"Jeg håber, jeg ikke behøver at straffe dig igen, lille slave, og for at hjælpe dig med at være opmærksom har jeg en gave til dig."

Han åbnede en skuffe i sit skrivebord, tog en lille lyserød cylinder frem og så på hende, mens hun kiggede nysgerrigt på den.

"Hun er virkelig så uskyldig," tænkte han ved sig selv og smilede, mens han gjorde tegn til hende, at hun skulle gå ind på det private badeværelse og stikke det nye legetøj ind i hendes fisse som en tampon.

Han elskede den måde, følelser spillede på hendes ansigt og rødmede fortryllende, mens hendes sind kæmpede mod hendes underkastelse til ham.

"NU, slave!"

Hun tog den lille genstand fra hans hånd og gik langsomt hen til badeværelset og vendte sig om for at lukke døren.

Men hun så ham læne sig derud og kigge på hende.

"Jeg skal tisse først, tak Mester." Hun stammede.

"Gå videre lille slave, jeg vil ikke stoppe dig." Han bakkede lidt tilbage, men bevægede sig ikke fra døren for at holde den åben.

Han stivnede og drejede sig, da han hørte hende sukke højt.

Hun så ikke ud til at bemærke det, da hun trak sine trusser ned for at tisse og indsatte legetøjet.

Hun rejste sig og trak sine fugtige trusser på plads igen.

Og da hendes hænder var klar til at sænke hendes nederdel, hørte hun ham klikke med tungen.

Hun kiggede op for at se ham ryste på hovedet.

Hun efterlod sin nederdel stramt om livet, færdig med at vaske sine hænder og fulgte ham hen til hans skrivebord.

Hun så, at han rynkede panden på hende og spekulerede på, hvad hun kunne have gjort for at gøre ham ked af det nu.

"Susan, det er en lektionsdag for dig, tror jeg."

Han stoppede et øjeblik og lod hende overveje hans ord.

"Slaver sukker ikke efter deres Mestre! Forstå det? Det er en simpel, ja Mester, for som du er min slave, vil du adlyde mig!" hans øjne låste sig med hendes, da han forklarede sin seneste overtrædelse.

Han så rædselen og forlegenheden passere over hendes ansigt, hendes tænder nappede i hendes underlæbe igen yndigt.

Nogle gange er det som at straffe en lille pige, tænkte hun.

Med store øjne nikkede hun og kom sig nok til at hviske: "Ja, Mester", da hun så ham hærde sig yderligere af vrede.

Hun var bange nu, for hendes åbenlyse vrede bekræftede hende i, at dette ikke længere var en leg.

Bekræftelsen ramte hende som et slag i ansigtet, der næsten rystede hende tilbage i hælene med kraften fra hendes nyfundne bevidsthed.

Hun vidste, at hun var kommet for langt, gjort for meget, ladet ham gøre for meget ved hende, til nu at kunne bakke op eller bede ham om at stoppe.

Ethvert sådant ord ville være død i hans hals.

Efter minutters stilhed begyndte hun at hulke og vendte sig om for at gå væk.

Han så hende bryde, erkendelsen af hans hensigter skyllede ind over hende.

Dette var hans tid til at begynde at gøre hende virkelig til hans.

Han skulle bevæge sig hurtigt, før hun gik i panik og løb fuldstændig fra ham.

Han rakte lynhurtigt ud og tog fat i hendes arm, før hun kunne løbe.

Hun holdt en fjernbetjening op til øjnene og trykkede på knappen for at starte en lav brummen i hendes fisse.

Hun rykkede og udstødte et støn og kiggede op på ham.

Med dyb stemme sagde han:

"Ja, lille tøs, jeg styrer det nye legetøj i din kusse, ligesom jeg styrer dig. Jeg er din Mester."

Han så ind i hendes bange øjne, mens han kærtegnede hendes numse.

Legetøjet summede i højere hastighed.

Hendes vejrtrækning begyndte at stige med hendes følelse af spænding.

Han lænede sig ned for at hviske i hendes øre:

"Du kan lide at være min hore, gør du ikke, Susy?"

Han rykkede endnu tættere på og trak hende tættere på sig, mens han fortsatte:

"Uden at skulle skjule, hvor fræk du er og følelserne i den stramme lille fisse, som legetøjet efterlader til dig, når du er sammen med mig, ved du, at det var meningen, at du skulle tjene mig."

Med det slog han hende hårdt på numsen og varmede den med sit håndaftryk.

Da han så hende bide sig i læben, kunne han se følelserne spille over hendes udtryksfulde ansigt, mens det var fyldt med farver.

"Du kan være dig selv med mig, Susy. Jeg elsker alt, hvad du er og alt, hvad du kan og vil være for mig."

Hun kunne mærke varmen komme af hende, skam og frygt blandet med den voksende seksuelle sult, der viste sig i hendes grønne øjne på grund af ophidselsen af legetøjet i hendes fisse.

Det var et langsomt, bevidst ordvalg, der lod dem invadere hendes sind, mens hun kæmpede med erkendelsen af, at dette aldrig ville blive en leg for ham igen.

Han talte for utrætteligt at fylde hendes hoved med sine ønsker.

"Jeg har kendt dig næsten hele dit liv. Altid så sød, så uskyldig og så lydig, at jeg vidste, at du var født til at være slave, min lille vix. Du har brug for en Mester, som vil give dig den glæde og smerte, du længes efter."

Han holdt sin stemme en blød, lav mumlen i hendes øre, men med en streng, kommanderende kant til sine ord.

"Du kan stole på mig, Susy, jeg vil tage mig af dig og holde dig sikker, mens jeg fodrer dine trang og ønsker."

Han punkterede dette med endnu et smæk til sin allerede røde røv.

"Alt, jeg beder den lille slave, er, at du tjener mig og adlyder mig godt. Jeg er din Mester, Susy. Og du, lille ræv, er den slave, jeg ønsker."

Hun pustede nu, hendes krop rystede synligt af spænding, da han aktiverede legetøjet lidt hårdere og slog hendes røv igen.

"Jeg vil eje og passe dig som min mest værdsatte ejendom. Som din Mester vil jeg træne dig til at behage mig og straffe dig, når du ikke gør det."

Hans hånd slog ind i hendes numse igen.

Hun spredte sine ben lidt bredere og holdt hende knap oprejst, da han gav hende, hvad hun havde brug for.

Ligesom han ville dominere hende, havde hun brug for hans krav om kontrol over hende.

Hun kunne se og mærke, hvor varm han blev, hver gang hun adlød hans stadig mere afvisende kommandoer, selv nu hvor han så ind i hendes tårefyldte øjne.

"Du skal stole på og adlyde din Mester, Susy." Han slog hendes numse igen og knurrede lavt: "Kom efter mig, min lille tøs. Adlyd mig og kom for din mester, slave."

Han placerede sit ben mellem hendes, mens hun drejede sine hofter, lod hende male sin våde, dunkende fisse på ham, mens hun så hendes hoved vippe tilbage for at stønne.

Han slog sine arme om hendes lille krop og trak hende tæt på, da hun begyndte at skælve og gyse, løftede hende op, bar hende til en udstoppet stol og sad med hende på skødet og lod summen inde i hende langsomt forsvinde.

I det øjeblik ønskede hun intet andet end at behage ham, at adlyde ham, at blive passet og skattet.

Hun sad på hans skød i lang tid og mærkede, hvordan han kærtegnede hende, strøg hendes hår og ryg, mens hun faldt til ro.

Ude af stand til at sige, hvad hun følte, gennemtænkte hun alt, hvad hun havde sagt og gjort.

I de ting, hun havde gjort og ladet ham gøre mod hende i de sidste tre dage, i hans ord om tillid og omsorg, den glæde og smerte, han gav hende.

Ubevidst vred hun sig og bed sig i læben igen.

Hendes rødme fyldte hendes ansigt, hendes forlegenhed og ydmygelse overtog alle andre følelser.

Hun var stadig lidt bange for hans vrede, og hvad dette formodede spil egentlig betød for hende, men hun følte også hans kærlighed til hende.

Han var næsten som en faderskikkelse, streng og streng, men kærlig, da hun på den måde vuggede sig i hans arme.

Var det forkert af hende at tænke på ham på den måde i betragtning af, hvad han havde gjort og lade ham blive ved med at gøre det mod hende?

Han accepterede ikke kun deres løjer, men opmuntrede dem.

Det havde fået hende til at skrige efter orgasmer, men hun havde ikke søgt sin.

Hans sind vred sig med, hvad han følte.

Hun følte, at hun ville gøre dette for ham, det stærke behov, hun havde følt for at løbe væk fra ham, blev skubbet i baghovedet i hendes sind, erstattet i dette øjeblik af et ønske om at behage ham, mens hun overvejede hans ord, omsorg, tillid og elsker.

Hun forestillede sig, hvordan det ville være at blive kneppet af ham og fyldt med hans sperm, og hun vred sig i hans arme og pressede mod hans stærke hårde krop.

Han sad med hende puttet ind i hans skød og så på hendes ansigt velvidende, at hun overvejede alt, hvad han havde fortalt hende, mens han fodrede hendes voksende masochistiske behov.

Han smilede, mens han så hende bide sig i læben og rødme.

Han havde brug for at besidde denne smukke lille pige, krop og sjæl, for at få hende til at bære hans smerte mere og lide for ham, men han havde brug for, at hun kom til ham med vilje.

Hans tanker blev mørkere, og det krævede al hans viljestyrke ikke at smide hans plan og tage hendes krop lige nu for at besidde hende og tvinge hende til hans tjeneste.

Hun besluttede, at hun var nødt til at finde en af firmaets tøser for at finde ud af sin frustration, før hun mistede sin beslutsomhed.

Han slog hende let og vækkede hende:

"Lille tøs, du har været en ubrugelig personlig assistent i morges, så gå tilbage til dit skrivebord og fortsæt med dit arbejde. Jeg ringer til dig, hvis jeg har brug for dig."

Han smilede, mens legetøjet summede kort og fik hende til at gispe og forstå dets betydning alt for tydeligt.

Han hjalp hende op fra sit skød og smilede, mens han tog hendes pjuskede blik og hendes skinnende våde lår til sig.

"Du kan bruge mit badeværelse til at rydde op, lille tøs, men lad legetøjet blive, hvor det er." Han smilede, mens hun gispede og kiggede kort på ham.

"Hvis jeg elsker."

Mens hun skyndte sig ud på badeværelset og så sig selv i spejlet, spekulerede hun på, om hun nogensinde ville holde op med at rødme, når hun var sammen med ham.

Hun fikserede hurtigt sin makeup og tørrede beviserne for den fornøjelse, han gav hende, væk, og hun krympede sig, da hun vendte sig om for at se sin blussede røv.

Da hun forlod badeværelset, så hun, at han var gået uden et ord og vendte tilbage til sit skrivebord og følte sig mærkeligt alene uden hans konstante tilstedeværelse.

UDSÆTTET FORAN ANDRE

Et par timer senere mærkede hun, at legetøjet begyndte at nynne igen, øjeblikke før han kom tilbage og så afslappet ud og smilede lyst til hende.

Han vendte smilet tilbage på hendes ansigt ved synet af ham, flyttede sig bag hende og kiggede over hendes skulder på hendes computer og lagde begge hænder på hendes bryster og klemte dem, indtil hun stønnede sagte.

"Arbejder du hårdt min lille slave?"

Før han nåede at svare, så han Alan vise sig frem med Anne, den blonde bombe fra receptionen, ved sin side.

"Goddag, Mr. Clarkson," smilede Susan og prøvede at ignorere det faktum, at hendes Mesters hænder stadig æltede hendes bryster, selvom rødmen, der dækkede hendes ansigt, talte meget.

"Susan skat, jeg savnede dig i morges, jeg håber ikke du havde nogen problemer."

Den tilsyneladende altid sprudlende Alan Clarkson blinkede og klukkede:

"Anne er min personlige assistent nu, og jeg er nødt til at tage hende med på indkøb efter et par ting, så jeg ordentligt kan træne hende i alt, hvad hendes nye rolle indebærer."

Hun smilede til Susan.

"Robert vil også gerne have nogle ting til dig, heldige pige, men vi har brug for at kende nogle størrelser og mål. Selvom hvad jeg kan se, har din træning været meget praktisk."

Han lo godmodigt og så, mens hans Mesters hænder stadig dækkede hendes små bryster.

"Lad os gå til mit kontor for at lave en liste."

Hendes Mester lo sammen med Alan, tog hende op i brysterne og slog hende let for at få hende i gang.

Han tog hende til midten af rummet og beordrede hende og stirrede på hende:

"Susan, bliv nøgen, så Anne kan få nøjagtige mål."

Han så på hende med et strengt blik, mens hun tøvede.

Hun frøs i vantro, legetøjet summede højere og fik hende til at gispe og kigge op, og han løftede et øjenbryn.

Hun slugte og rystede let på hovedet.

"NU Susan!" vrede blinkede i hans øjne, da han så på hende.

Legende med skælvende hænder tabte hun sin nederdel og fjernede sin jakke og bluse, som hun gav til Anne, som tjekkede størrelserne og tog noter.

"Også bh'en, Susy, du kan beholde de snavsede trusser for nu."

Han fortsatte med at se vredt på hende.

Hun blev forfærdet over hans ord og tog sin bh af.

De flyttede fra hende, da hun var færdig med at klæde sig af.

De to mænd bevægede sig hen til deres Mesters skrivebord for stille og roligt at diskutere deres liste og iagttog hende på afstand.

Forfærdet indeni lå hun næsten nøgen og rystede, da Anne rørte ved og målte forskellige dele af sin lille krop, inklusive hendes håndled, ankler og hals i hvad der virkede som en evighed.

Den blonde kvindes hænder så ud til at tænde hende endnu mere, da legetøjet nynnede, hvilket gjorde hende vådere og hendes brystvorter umuligt hårde, hvilket øgede hendes ydmygelse.

Alan smilede, da Anne endelig rejste sig og rullede målebåndet op.

"Kom slave, lad os shoppe!" Susan spændte sig, men han tog Anne i armen og førte hende ud af lokalet og råbte over hans skulder. "Vi ses om et par timer Robert."

Susans øjne blev store ved ordet slave rettet mod en anden pige, og hun vendte sig om for at se dem gå.

Han pegede på et sted på gulvet bag hans skrivebord, tæt på ham, og han så hende, mens den næsten nøgne satte sig på hug på stedet.

"Kan du lide at have de beskidte trusser på hele dagen?"

Han førte en hånd over hendes hofte og hendes fisse mærkede hendes fugtighed.

"Ingen Mester".

Han smilede.

"Nå, tag dem af, og næste gang du bliver fristet til at have trusser på, så tænk på, hvordan det føltes."

Hans smil blev alvorligt.

"Du vil aldrig bære noget, der dækker din lille kusse igen uden min udtrykkelige tilladelse. Forstår du mig slave? Ellers bliver dit ubehag meget værre, det lover jeg."

Hans øjne søgte hendes og sikrede sig, at hun forstod, at dette, ligesom alle hans ordrer, ikke var til forhandling.

Hun trak sine bløde, stinkende trusser af, stod rystende og nøgen foran ham, trak vejret langsomt og hviskede:

"Hvis jeg elsker."

Han kærtegnede hendes balde let, skubbede hende ned, vippede hende på sit skød, mens han talte sagte, men med en kant til stemmen.

"Da du er min slave, når jeg beder dig om at gøre noget, du adlyder, er det den rigtige slave?"

Uden at give ham tid til at svare, og kærtegne hendes smukke røv, fortsatte han med at sige.

"Det er, hvad du gik med til. Men for tredje gang i dag må jeg straffe dig."

Han havde ikke efterladt hende plads til at reagere og smilede, da hun stønnede.

"Din tøven, da jeg bad dig om at klæde dig af, var ikke acceptabel, du vil adlyde mig slave, uanset hvem der er i nærheden."

Han mærkede hende anspændt, da hun beskrev sin afsky.

"Du skal stole på, at jeg ikke vil bringe dig i fare. Alan er også en Mester, og Anne er hans slave."

Han lod sorgen og skuffelsen snige sig ind i stemmen.

"Din afvisning af at klæde dig af, da jeg beordrede dig det, var ikke kun en afspejling af dig, lille slave, men på mig som din Mester."

Hun krøb sammen ved tonen i hans stemme og fandt, at hun var flov over, at hun endnu en gang havde gjort ham ked af det, behovet for at behage ham havde vækket hende tidligere, og hun havde lyst til at bede om hans tilgivelse.

Hun begyndte at sige sin bøn, men forstummede den.

"Jeg forstår, at du føler dig slave, og det gør mig ked af, at jeg skal straffe dig igen, men du vil lære at stole på og adlyde mig i alt, hvad jeg beder dig om."

Hun stønnede af forlegenhed, såvel som af varmen, der byggede sig i hende, forårsaget af hans strøgende hånd og legetøjet, der summede dybt inde i hendes dryppende kusse.

Hun mærkede hans hånd gå op og styrkede sig og troede, at han ville slå hende, men det blev erstattet af fornemmelsen af en tynd stang, der strøg hendes hud.

Da hans venstre hånd bevægede sig under hende for at kærtegne hendes fisse og tilføjede mere nydelse til blandingen af følelser, der strømmede gennem hende.

Hun vred sig ved hans berøring, men gav et forskrækket knirken, da personalet slog ind i hendes røv og bed i hendes kød, hvilket fik hende til at hoppe i hans skød med fødderne flyvende.

Hun mærkede hans fingre synke ned i hendes fisse og hendes klit holde hende på plads, og hun græd igen, hendes gisp og støn blev til smertefulde miav og erotiske gisp, mens han slog hende to gange mere, mens han fortsatte med at fingere hendes fisse.

Tre røde stikkende slyngler dukkede op på hans hud for hver af hans overtrædelser den dag.

Han kunne mærke, at det brændte på hans hud, da den grusomme stav blev erstattet af hans hånd endnu en gang.

Hans fingre vred og rykkede i hendes hævede klit, mens han ubønhørligt slog ind i de krøllede linjer, hvilket fik hende til at vride sig og bøje sig i hans skød og stønnede af smerte og ophidselse.

Han så på den lækre lille røde krop på skødet.

Hans glæde og begejstring var tydelig, da han så hende nyde og græde for ham.

Han var hendes Mester, et langvarigt ønske, der ventede på at gå i opfyldelse.

I slutningen af ugen ville hun gerne acceptere sin plads som hans slave, eller han ville tage hende med magt, hvis det var nødvendigt, men han vidste, at han ikke kunne lade hende gå.

Han talte igen med lav stemme og gryntede:

"Kom efter din Mester, lille slave. Vis mig, hvor meget du elsker min straf."

Hendes krop vred sig, buede sig, spændte og rystede, da hun eksploderede på hans kommando.

Hans sind var tabt og svævede i en sky af glæde og smerte for tredje gang den dag.

Hun skreg efter ham og løb.

NYT OUTFIT TIL SUSAN

Susan vågnede groggy og forvirret, stadig nøgen.

Hun lå i Mesterens arme på den store skumfyldte sofa på hans kontor.

Han holdt hende blidt, beskyttende, som en sød elsker.

Men hendes krop fortalte hende noget andet, og hun havde desperat brug for at strække sine ømme muskler.

Hun forsøgte forsigtigt at bryde sig fri af hans arme for kun at mærke, at hun strammede om sig.

Hun gav op, rullede sine arme bag ryggen og strakte sin krop og mærkede, at hendes muskler protesterede og mærkede mere smerte.

Hun mødte hans øjne, da han så på hende.

Til sidst slap hun hendes omfavnelse og kørte hans hænder over hendes krop, mens hun strakte sig som en kat.

"Du er min." Han sagde ganske enkelt.

Han slog sin hofte let,

"Det er ved at være sent lille Susy, du sov et stykke tid, jeg har en bil, der venter på dig ved trappen for at tage dig hjem."

Han smilede blidt til hende.

"Du må hellere tage tøj på og gå hjem, før jeg finder flere ting, du kan lave her."

Hans øjne blev store og han grinede.

"Du kan fortælle enhver, der spørger , at jeg holdt dig sent på arbejde i træningsformål."

Han lo oprigtigt af hendes blussende ansigt, da hun rejste sig og så ned på sin kjole.

Hun krummede sig og mærkede en hvirvelvind af ubehag, da hun glattede nederdelen ud over bunden.

Hun gik kort ind på sit badeværelse for at gøre sit hår og makeup så godt hun kunne, før hun gik bag sit skrivebord for at hente sine kasserede snavsede trusser.

Trusser i hånden præsenterede hun lydigt sig selv og spurgte:

"Undskyld mig for dagen, mester?"

Han smilede til hende og rejste sig for at kysse hende dybt.

Forskrækket gispede hun, da hun mærkede hans læber på sine, overrasket over kysset.

Efter alt, hvad der var sket i de sidste par dage, var dette deres første rigtige kys, og hun smeltede ind i ham.

Han førte hende hen til sit skrivebord uden at bryde kysset.

Han lagde den forsigtigt på bordet, så hun kunne hente sin taske, og talte stille:

"Ja, min slave, du har endelig glædet mig i dag."

Han lod et antydning af et smil krydse sit ansigt, mens han drillede hende.

"Gå hjem, før jeg ændrer mening."

Han klappede hendes røv og nød hendes støn og forlod hende på vej tilbage til sit kontor.

Jeg var mere end tilfreds.

Men han vidste ikke, hvad han skulle forvente, da hun vågnede næste morgen.

Han spekulerede på, om han havde taget det for langt på sin strafdag.

Han smilede for sig selv .

Hun var dejlig i sin naturlige underkastelse, og selvom hun på et tidspunkt i løbet af dagen så ud til at tage af sted, var hun blevet.

***

Bilen ventede på hende, som han havde sagt.

Chaufføren var venlig, og da han var inde, rakte han ham en taske fra en lokal restaurant.

"Mister Robert bad mig om at hente dig noget at spise, da han ville holde dig sent til en træningssession."

Han smilede over overraskelsen og den lyserøde farve, der krøb hen over hans kinder, da hun tog posen og takkede ham.

Vejen hjem var stille.

Han kiggede på hende i spejlet, mens hun kiggede ud af vinduet uden rigtig at se landskabet, hendes øjne fortabt i hendes tanker om hendes dag.

Han smilede, mens han rørte ved sine læber med fingrene og tænkte på alt, hvad der var sket.

Og om det, der skete, var det i hans kys, at han blev forsinket.

Sandheden var, at hun nød de ting, han fik hende til, ting hun aldrig ville have gjort alene eller sammen med sin kæreste.

Hun kunne godt lide at kunne foregive, at hun var en 'god pige', der blev skubbet rundt i stedet for at indrømme, at hver ny oplevelse, han bragte hende, ophidsede hendes sind og krop.

Men af alle disse ting var det kysset, der blev hos hende.

Intimiteten i deres dybe, lidenskabelige kys havde været så forskellig fra den kommanderende, fattede måde, han havde drillet og bragt glæde og smerte til hendes krop, hvilket fik hende til at føle skyld og skam, behov og lyst.

Hun vidste, at det, hun lavede, som hans slave, ikke var rigtigt, og indtil i aften havde hun spekuleret på, hvor forkert hun kunne tage, før ugen var omme.

Han rørte ved sine læber igen, men kysset så ud til at få ham til at føle sig knap så dårlig.

Hun havde følt hans kærlighed og lidenskab for hende i det ene kys.

***

Hun smed på sin seng og væltede om, mens hun prøvede at sove.

"Jeg var vokset op med at kende ham som en del af hans familie, næsten som en onkel. Han elskede sin tilgivende, hjemmeelskende kone og var venner med sin søn!"

Hun smed dynerne og stirrede op i loftet fyldt med skyld og skam.

"Hvad skete der med ham?"

Hun stønnede sagte, mens hans hånd kærtegnede hendes krop og genoplevede dagen, hendes vrede, hendes frygt, hendes skuffelse, hendes skam, hendes ønske, hendes behov for at behage ham og til sidst hans kyss lidenskab .

Hun kom for fjerde gang den dag og faldt endelig i søvn.

***

Hun vågnede og slæbte sig selv i badet, og hendes følelser af skyld og skam kom tilbage til hende.

Hun var næsten bange for at gå på arbejde og finde ud af, hvad denne dag havde i vente for hende, hun følte sig syg og overvejede et øjeblik at ringe sig syg, inden hun rystede på hovedet.

Panikken forlod hende, da hun trådte ud af badeværelset og bandede sagte, da hun indså, at hun ville komme for sent.

Hun klædte sig hurtigt på og løb ned ad trappen for at flyve ud af døren.

Han løb ud for at blive direkte fanget i armene på sin chauffør fra dagen før.

Han tog fat i hende, lige da hun begyndte at løbe mod bussen.

"Susan"

Hun så op.

"Rolig pige. Mr. Robert sendte mig for at hente dig i morges."

Hun trådte et skridt tilbage og åbnede døren, der førte hende ind i bilen.

Hun fulgte sagtmodigt, lamslået over hans tilstedeværelse.

Han så to kasser, placeret på sædet ved siden af ham, da han steg op.

Den ene indeholdt kanelkager dekoreret med smiley ansigter og hendes yndlingsjuice.

Og i en større æske lå en seddel adresseret til hende.

Hun læste:

"Godmorgen min slave, jeg håber du har sovet godt, jeg har tænkt mig at passe på dig som min dyrebareste skat, men der er stadig meget du skal lære om hvordan du kan behage din Mester. Du er ung og smuk, du skal ikke bære det der gammeldags arbejdstøj , som din mor valgte dig. Spis en hurtig morgenmad og tag jakkesættet på fra denne æske, inden du går på arbejde. Du skal ikke bekymre dig om chaufføren, stol på og adlyd Robert."

Hun rørte ved chaufførens skulder og spurgte, om hun måtte stoppe ved en cafe eller et sted med et badeværelse, men han rystede på hovedet.

"Nej. De bad mig blive ved med at trække dig tættere på, frøken."

Hun lagde sig tilbage og spiste og overvejede, hvad hun skulle gøre.

Hun ønskede ikke at blive straffet i det øjeblik, hun kom ind.

Da hun var færdig med småkagerne og juicen, væltede hun ned i hjørnet af bilen og holdt sin jakke mod brystet, mens hun skiftede til den hvide silkebluse, hun havde taget fra kassen.

Hendes brystvorter stivnede og pressede sig gennem det bløde materiale ved tanken om, at chaufføren så på hende, men hun var ikke til at kigge i spejlet for at tjekke.

plisserede marineblå nederdel ud af æsken og lænede sig frem for at dække sin nøgenhed.

Hun tog sin nederdel af og satte den nye på plads.

For at gøre det bedste, hun kunne, havde hun taget den plisserede top og nederdel på i stedet for den top og nederdel, hun havde på.

Han tog en lille jakke fra kassen og placerede den på sædet ved siden af sig, og tjekkede kassen for at sikre sig, at den allerede var tom.

Hun fandt et par hvide blonde-lårhøje strømper og en mindre seddel...

dine strømper på , og chaufføren vil give dig det sidste stykke af dit outfit. Stol på og adlyd, lille slave. Robert."

Forfærdet ræsonnerede hun, at han nok havde set hende skifte alligevel, så hun gik op i sin nederdel og trak strømperne på igen, elastikken tæt på hendes lår.

Chaufføren smilede i spejlet og rakte hende et par højhælede marineblå sko, der matchede jakkesættet.

Med et blussende ansigt tog hun skoene med et blødt "Tak" og lagde sit tøj i den tomme æske.

Han lænede sig tilbage, tog sine sko på og undgik chaufførens øjne resten af turen.

***

Da hun trådte ud af bilen og tog sin jakke på, opdagede hun, at dens brede revers indrammede hendes runde bryster, og de to lave knapper trak ind fra hendes talje for at udvide hendes små hofter.

Hun glattede den korte plisserede nederdel, der knap dækkede toppen af hendes strømper, og lænede sig ind i bilen.

Da hun indså, at det var for sent, at hendes nøgne underdel ville komme til syne, greb hun kassen med sit gamle tøj og gik hurtigt hen mod bygningen og ignorerede smilet på chaufførens ansigt.

Hun takkede ham for turen, og han ønskede hende en god dag.

***

Hun nåede sit skrivebord, stak sin taske og æske under ham og gik ind på hans kontor og ventede stille på, at han skulle bemærke det, da hun afsluttede et telefonopkald.

Han smilede blidt og pegede på et sted foran sit skrivebord.

Hun nærmede sig nervøst på sine højhælede sko, da hun trådte længere ind på kontoret.

Hun stod over for ham, mens han gik rundt om hendes skrivebord og betragtede det i stilhed.

Hans hånd bevægede sig op ad hendes lår og under hendes korte nederdel for at tage fat og klemme hendes røv, smilende, mens hun bed sig i læben og åndedrættet stoppede.

"Nå, min lille slave, du har glædet mig med din lydighed. Dette er et af de tøj, som Alans slave udvalgte til dig i går, kan du lide det?"

"Åh ja Mester. Mange tak."

Hans hænder omsluttede hendes dejlige bryster og legede med hendes brystvorter gennem det rene stof og formåede at gøre dem så hårde som pilespidser.

"Tag din jakke af."

Han så hendes udtryksfulde øjne, strammede sit greb og klemte de hårde knopper mellem sine fingre, mens hun trak sin jakke af.

Hendes vejrtrækning tog fart til et gisp, hendes øjne blev udvidet og et støn undslap hende.

"Sådan en dejlig lille ræv, min chauffør var meget imponeret."

Hans øjne fejede ind over hende.

"Jeg havde ret, du kunne blive en fræk skolepige i det outfit."

Han tog et skridt tilbage, henkastet lænet sig op ad skrivebordet og så hende rødme.

"Strip slave, alt undtagen dine sko og strømper. Der er andre ting, jeg vil se dig have på, før vi starter vores dag."

Han vendte sig mod hende, mens hun tog sit tøj af, strøg hende blidt bagved, før han slog ham og lænede sig ind i hans øre for at knurre:

"Mester nyder den rosenrøde rødme på dine balder."

Han klemte hendes røv hårdt, indtil hun stønnede, smilede og slog hende igen.

Han tog hendes arm, førte hende rundt om sit skrivebord og placerede hende ved siden af sig, da han satte sig.

"Knæl ned, slave."

Hun knælede ned, mens han så på hende.

"Det er det rette sted for en slave, og du vil lære det godt i dag. Når du kommer til mig, vil du altid knæle."

"Ja Hr"

Hun så på, hvordan han åbnede en skuffe og tog adskillige guldkæder frem, før hun igen vendte sig mod hende.

Han talte sagte, men strengt.

"Der er ting, du vil have på til mig, som ikke er tøj. Placer dine hænder bag din hals og hold dem der." Han så forvirring fylde hendes ansigt, mens hun flyttede sine hænder bag hans hals og flettede deres fingre.

Han gennemgik hendes position kritisk, rakte ud med sin hånd for at justere hendes albuer, trak dem tilbage, fik hende til at bue ind i ham og skubbe hendes bryster fremad.

Hun strøg dem groft og drillede brystvorterne med mere klem og talte igen.

"Jeg vil ikke kræve, at du gennemborer disse endnu, men jeg vil have, at de bliver dekoreret i overensstemmelse hermed."

Han valgte en kæde og trak i hendes brystvorter gennem de små ringe i hver ende af kæden.

De var stramme nok til at holde kæden, men uden at beskadige huden.

Han trak i kæden og slog hendes venstre bryst, hvilket fik hende til at stønne og efterlod hendes øjne våde.

Kædebåndene strammede om hendes brystvorter, da hendes bryst svulmede.

Efter at have slået hendes bryster flere gange, tog han fat i kæden og rykkede hårdt og strakte kødet af hendes bryster, før kæden slap af.

Hun stønnede, rystede, og tårerne trillede ned af hendes kinder fra brodden.

Hans pik rykkede, da han så på hende.

Han gentog processen, mens han knibede og klemte hendes brystvorter og slog hendes bryster, mens han prøvede fem forskellige kæder, og rykkede hver af hendes brystvorter med stærke ryk, mens han prøvede en anden kæde.

Kæden, hun til sidst valgte, var dekoreret med små klokker, der dinglede fra løkkerne, der klirrede med hver af hendes lussinger.

Nu var hun tårevædet af smerte, da han korrigerede sin kropsholdning endnu en gang.

Han brugte sin sko til at skubbe sine knæ af og knurrede.

"Spred dine lår, lille tøs, jeg vil se din fisse skinne, mens du nyder smerten, som jeg giver dig."

Rødmen i hendes ansigt matchede næsten de røde håndaftryk, der dækkede hendes bryster, mens hendes bryst løftede sig.

Hun mærkede hendes kusse krampede og dryppede mere af hans ord.

"Hvordan kunne jeg nyde det her?"

Hans bryst hev af varme og smerte.

"Der må være noget galt med mig, det her var ikke normalt. Der var ingen bløde kærtegn eller ivrige blikke mellem dem. Bare kommandoer, lydighed, smerte og nydelse."

Hendes sind løb tilbage til gårsdagens kys, og hendes læber dirrede sammen med hendes krop, mens hun rystede ved mindet om de følelser, hun havde følt.

Han pressede sin sko mod hendes kusse, gned sin tå ind under læderet på hendes hævede klit og så, hvordan hendes pusten tiltog, og hendes krop rystede, hvilket fik de små klokker til at klinge lystigt på hendes ømme røde bryster.

Han kunne se varmen i hendes øjne, da hendes hofter rullede hen over hendes sko og gned mod den.

Han fortsatte med at lege med hendes fisse, der gned det hårde læder på hendes hævede klit og dryppende hul.

Hendes krop fortsatte med at bølge og svaje hendes hofter mod hendes sko og søgte nydelse der.

Han førte fingrene gennem hans hår og drejede det, mens han rykkede hendes hoved tilbage og lænede sig ind for næsten at trykke sine læber mod hendes pustende mund, hviskende hårdt,

"Kom for din Mesters fornøjelse, din lille næve, der nyder smerte. Du er min."

Han så, mens hun buede hårdere mod hans sko, spændte og rystede, før hun råbte, mens hans komme dækkede hendes lår og sko.

"Hun var så smuk, når hun knælede sådan foran ham."

Han mødte hendes øjne, da hans pik stivnede smerteligt fanget i hans bukser.

Han holdt sin hånd i hendes hår og lettede sit stærke greb for at stryge hende, mens hun faldt til ro.

Hendes rystende ben bøjede for at krølle bunden på hendes hæle.

Mens hun var ved at komme sig efter sit løb, fortalte han hende:

"Tør min sko af. slave"

Da han så hende begynde at bevæge sig for at løfte hendes hånd, knyttede han sig i hans hår, og han skubbede hendes hoved ned.

"Med din tunge, lille ræv, smag hvor sød du er."

Han så hende, mens hendes hoved sænkede sig tilbedende på fødderne og smilede.

Hendes næse rynkede af utilfredshed, og hendes ansigt blev dybrødt, da hun slikkede saften af sin sko.

Han holdt hende mod sin sko, indtil han var tilfreds med, at hun var færdig.

Han skubbede hendes fødder væk og holdt en arm omkring hende, da hun rejste sig op på sine højhælede sko, mens klokkerne dinglende fra hendes brystvorter klingende sødt.

"Du har meget at lave i dag, slave, så klæd din liderlige lille røv på."

Med et klap i bunden lænede han sig tilbage og så, hvordan hun knappede sin bluse op over hendes nu dekorerede bryster .

Kæden, der fik hendes brystvorter til at skille sig lækkert ud mod den rene silke, klokkerne tydeligt synlige under den.

Da han så tilbage på den åbne skuffe, indsatte han de ubrugte kæder og rakte ud efter endnu en ting, før han rejste sig og inspicerede hende, da hun var færdig med at klæde sig på.

Han klemte hendes silkelænkede brystvorter og trak hende hen til sit skrivebord, før han slap fingrene og skubbede hendes ansigt ned og slog hende i bunden igen.

Hun stønnede, hendes øjne løb i vand igen, da hun indså den konstante smerte og varme, han overøste hende med i morges.

Hun rystede, da han forklarede, at han ville have en ting mere på denne morgen, og jo hurtigere hun fuldførte de opgaver, han havde givet hende, jo hurtigere ville han tage den af.

Hun så nysgerrigt på, mens han holdt en lille lyserød plastikgenstand foran sit ansigt.

Denne var i form af en lille gulerod, men hendes nysgerrighed blev erstattet af frygt, da han forklarede, hvor han ville bruge den.

Hun vred sig under hans greb om hendes ryg, hendes ben pressede mod hendes.

Han kunne mærke sin hårde pik inde i bukserne.

Hendes sind var fyldt med billeder af ham, der tog hende, mens hans stærke greb svækkedes for at kærtegne hende mere blidt.

Hans stemme hviskede sagte i hendes øre for at berolige hende.

Da han så frygten trænge ind i hendes øjne, stoppede han næsten, men hun havde gjort det så godt i sin lydighed mod alt, hvad hun havde ønsket sig denne morgen.

Hun havde brug for at vide, at intet var forbudt hende i, hvad han ville bede hende om, så hun lænede sig ind i hendes øre og hviskede:

"Du, min slave, vil bære dette, fordi jeg er din Herre, og det behager mig."

Hans hånd efterlod legetøjet på skrivebordet, mens han kærtegnede den bløde hud på hendes buk.

"Lille slave, du vil glæde din Mester, ikke?"

Han talte og strøg hende, som han ville gøre et skævt kæledyr.

Hviskende hans behov for at besidde alle dele af hende, mestre hende og eje hende fuldstændigt.

Han bevægede sin hånd, der kærtegnede det varme lyserøde kød af hendes underdel, førte en finger mellem hendes nederste kinder til hendes våde lille kusse, drillede hende ved at stryge forsigtigt over hendes underkind, endnu en gang smøre hendes saft, men denne gang over den mørke, rynkede hul på hendes. hans bagdel.

Hun holdt legetøjet op foran sit ansigt og hviskede:

"Du vil bære dette, slave, for mig, din Mester."

Han rullede legetøjet over hendes våde kusse, dækkede det med sin sperm, og pressede det derefter mod hendes bund.

Da han så hende spændt og knyttet, løftede han sin hånd bag hende og klappede hende let bagved.

"Slap af lille slave, stol på din mester."

Han pressede hårdere på den lille stikprop og så hendes analring langsomt begynde at strække sig rundt om ham.

Hun mærkede bølger af modstridende følelser rulle gennem hende.

Da hun var prisgivet hans nåde, bed hun sig i læben, da hun vidste, hvor varm hun var for ham.

Hans gennemtrængende fingre varmede igen hendes følsomme fisse, da hun mærkede hans anden hånd spille på bunden.

Hun rystede, da hun hørte hans hvisken og mærkede hans hårde pik mod hendes hofte.

Mens han tog legetøjet og legede mere med hendes fisse og røv, indtil hun ikke kunne mere, og hun stønnede igen og bevægede hofterne.

Hun mærkede, hvordan han flyttede proppen tilbage i bunden og pressede den mod hende.

Hun spændte, og han slog hende.

Hun lukkede øjnene og tog en dyb indånding og mjavede over den mærkelige fornemmelse af at have sin røv kneppet.

Det føltes så stort inden i hende, men hun vidste bedre.

Hendes sind rullede mellem varmen fra hendes våde kusse og følelsen, der ikke var så meget smertefuld, men ophidsende i bunden, da hans analring strammede sig om proppen for at holde den på plads.

Han knurrede, mens han så stikket forsvinde inde i pigen, der klynkede af ham.

Han længtes efter at se hendes ansigt, mens hun bar stikket, og løftede hende op, så nederdelen faldt på plads og dækkede hende bagved.

Mens hun så på ham med våde øjne og hendes rødme skinnede på hendes kinder.

Han slog hendes røv, hans fingre søgte efter stikket og legede med det, mens han så følelserne, der dækkede hendes ansigt.

Han smilede ind i hendes bløde ansigt, mens han lænede sig ned for at kysse hendes rystende læber.

"Du har glædet mig meget i morges, min slave. Men lad mig fortælle dig, det bliver en ret lang dag for dig. Så hvis du har nogle planer for i aften, skal jeg aflyse dem. Tænk på en undskyldning." Han smilede til hende.

"Og du kan fortælle dine forældre, at du vil deltage i en forretningspartnermiddag med mig, da jeg vil kræve dine ekstraordinære og unikke færdigheder."

Hun lyttede til ham, der bed sig i læben og rødmede, mens han legede med stikket i hendes røv og knugen af hendes fisse ved hans ord.

"Hun havde glædet ham!"

Hun var overrasket over, hvordan dette får hende til at føle, da hans kys tilføjede glæde til hendes glæde.

Hun trådte frem for at børste mod hans pik og indså, hvor meget hun ville føle ham inde i sig i stedet for det legetøj, han brugte hende hver dag.

Erkendelsen af dette fik hendes kinder til at brænde endnu mere, hendes sind efterlignede hendes kommanderende tone:

"Du, lille Susy, er blevet hans luder."

Hun kunne ikke lade være med de følelser af glæde, hun havde ved at behage ham i lyset af gårsdagens skuffelser.

Skam og ydmygelse over, hvordan hun glædede ham, skyllede kort over hende.

Han vippede hendes hoved op ved hendes hage og kiggede ind i hendes øjne og så hendes modstridende følelser, han smilede og kyssede hende dybt.

Hun smeltede igen.

***

Da hun sad ubehageligt ved sit skrivebord, ringede hun til sine forældre for at fortælle dem, at hun skulle til en arbejdsmiddag, en ven, hun troede, hun kunne møde til kaffe efter arbejde, og den kæreste, hun allerede havde udskudt til weekenden.

Så telefonopkaldene blev hurtigt afsluttet, og hun sendte sin mester en øjeblikkelig besked for at fortælle ham det.

Han kaldte hende tilbage til sit kontor, og hun kom ind i rummet, lukkede døren bag sig og gik hen til sit skrivebord, før hun knælede for at stå foran ham.

Han inspicerede den og justerede dens position, før han fortsatte.

Hun lyttede opmærksomt, mens han forklarede slavernes knælende stilling: åbne knæ, hænderne bag ryggen, hovedet vippede lidt mod ham, læberne delte.

Hun forklarede slavens siddestilling, som var meget lig knælende, hvor hun kunne hvile sine knæ ved at sidde med balderne vugget på hælene.

Hvis hun blev bedt om at vise sig selv, når hun lå på knæ eller stod, knugede hun hænderne bag nakken og trak sine albuer og skuldre tilbage, som hun havde gjort før.

Han bad ham om at øve sig på dette og gav ham en kommando på ét ord om at knæle, sidde eller vise ham, mens han fortalte ham opgaverne for resten af dagene.

Der ville være en sen frokost med nogle venner fra hans klub i hans kontormødelokale.

Du ville ikke være forpligtet til at lave mad eller servere i dag, men det ville være en del af dine pligter på andre tidspunkter.

Han advarede hende strengt om, at hun ikke måtte tøve med at adlyde hans ordrer i dag, ellers ville straffene langt overstige, hvad hun oplevede i går.

Hun rystede og hviskede:

"Ja Herre".

"Du vil stole på mig, lille Susy, at af alle de ejendele, jeg har, er du den mest dyrebare."

Han kiggede hende ind i øjnene og så hendes øjne udvides af forvirring.

"Ja slave, du er min ejendom. Du er en dyrebar skat og du er min."

Hans hjerne skreg til ham:

"En uge accepterede jeg, det var en leg!"

Hendes sind svirrede, "hun huskede ikke engang, at hun gav udtryk for sin aftale for ugen. Hvordan havde hun sagt ja til dette? Hun talte, som om hun ville beholde hende som sin slave for evigt!"

Hans ansigt viste hans voksende følelse af frygt øjeblikke før hans mund faldt ned over hendes i et dybt, lidenskabeligt kys.

Hun kunne mærke hans længsel, hans behov for hende, hans kærlighed i det kys, og hun smeltede ind i hendes sind, gav slip på at spørge ham, mindede sig selv om, at han havde lovet, at de ville tale sidst på ugen.

Han brød deres kys, rejste sig, efterlod hende åndeløst på knæ, hvor hun var, og vendte sig tilbage til sit skrivebord.

Hun lagde adskillige filer på kanten af sit skrivebord, så hun personligt og i den rækkefølge, hun havde arrangeret, kunne udlevere til nogle af lederne, samt en liste med en række forskellige opgaver for hele virksomheden, herunder kontrol af madlavning til din frokost.

Hun absorberede alt, hvad han forklarede hende og sagde sagte:

"Ja, Mester," da han så ud til at være færdig, men hun blev, hvor hun var, indtil han fortalte hende andet.

Han så på sit ur og foreslog:

"Du må hellere skynde dig lille slave, træningen har taget længere tid end jeg havde planlagt, og du har stadig meget at lave, før mine gæster kommer."

Han vendte brat tilbage til sit arbejde, og hun knælede et forvirret øjeblik, før hun rejste sig, greb fat i filerne og listen og vendte tilbage til sit skrivebord for at sortere i opgaverne, og hvordan hun bedst kunne tackle dem.

Hun sendte ham en øjeblikkelig besked for at fortælle ham om hendes afgang fra hans kontor.

"Skynd dig så slave. Du har to timer. Lad være med at tude, for for hvert ti minut, du kommer for sent, vil jeg straffe dig."

Hun blinkede denne svarbesked på sin skærm og skyndte sig væk.

Hun oplevede, at hendes nye, højere end sædvanlige hæle fik hendes hofter til at svaje mere, hendes plisserede nederdel rullede og hoppede for hvert skridt.

Han holdt mapperne til sit bryst, så klokkerne ikke skulle ringe.

Han fløj nærmest til køkkener og andre opgaver, inden han afleverede filerne for at beskytte sig selv længst muligt.

Hun smilede og sagde lidt, mens hun gik for at tjekke køkkenerne og andre små, nemme opgaver, og hun var meget opmærksom på kæden og stikket, hun brugte til ham, og bekymrede sig om, at den konstante varme mellem hendes ben ville blive tydelig for enhver. person , af alle, der så hende.

Han tjekkede sit ur, tilfreds med, hvor lang tid det tog ham, og begyndte til sidst at udlevere filerne og notaterne til lederne.

Hun var klar over, hvor kort hendes nederdel var, og hvor tynd hendes top var over hendes bh-løse bryster, og hun rødmede rasende, da arkivmodtagernes øjne strejfede over hende eller dvælede for længe på hende.

Hun forsøgte at beholde de filer, der klæbede til hendes bryst, men som oftest bad de hende om at lægge dem på bordet og vente, mens de tjekkede, hvad hun havde medbragt.

***

Selvom hun konstant havde tjekket sit ur, indså hun, at hun allerede ville komme for sent tilbage til sit skrivebord, da hun kom til sit sidste ærinde, som var til Alan Clarksons kontor.

Da Susan så Anne ved sit skrivebord smile til hende, rødmede Susan og gik hen.

"Tak for det smukke jakkesæt, Anne. Det passer mig perfekt." Susan nærmest hviskede.

Anne lo glad.

"Jeg kan se, hvor godt det ser ud på dig! Åh skat, jeg synes, det ser fantastisk ud, selvom jeg allerede troede, det ville se godt ud på dig. Lad mig fortælle mester, at du er her, og han vil også gerne se dig!"

"Jeg har en fil til ham."

Hun udbrød, chokeret over at indse, at Anne også var en slave.

Susan så på hende med mere kritiske øjne og bemærkede den måde, hun var klædt på.

"Fantastisk. Det var sådan, vi nåede to mål med ét besøg," blinkede han og grinede igen, mens han skrev en øjeblikkelig besked på skærmen og ventede på et svar.

Hun lo ad hans svar og forklarede, at han kunne lide analogien af de to mål.

Da han kom ud bag sit skrivebord, tog han Susan i armen, da han førte hende ind på Alan Clarksons kontor.

Alan kom ud bag sit skrivebord.

"Giv mig filen og lad mig se på dig Susan skat."

Han så på hende som en sulten ulv, der rakte ud efter filen.

Hun rødmede dybt og rakte ham mappen.

Han lavede en "hmm" lyd og gik rundt om hende.

"Vis frem, lille Susan."

Hendes øjne blev store, og hun kiggede op på hans ansigt for en joke, men så ingen, så hun udvidede sin stilling og løftede hænderne bag i nakken bag nakken.

"Åh, små klokker, hvor er det dejligt. Jeg vidste, at han gerne ville have 'klokker til sin Susan'."

Han lo højt og slog Anne på røven og sagde:

"Jeg fortalte dig det ikke!"

Uden at vide, hvad hun skulle gøre, og ikke ville fremstå som ulydig, før denne Mester tog hendes plads igen, mens han så på hende, stod hun stille.

"Spring Susan, jeg vil gerne høre klokkerne."

Hun sprang, og han vinkede til hende for at fortsætte.

Hun prøvede, men hendes hop var små, da hun slingrede på sine højhælede sko, mens hendes nederdel rejste sig og faldt og afslørede hendes nøgenhed under den.

Hun faldt næsten om på et tidspunkt, indtil han rakte ud. og tog fat i hendes arm for at støtte hende.

"Tak, hr. Clarkson." gispede hun.

"Du ved, Susan, du har de smukkeste muntre bryster, jeg længe har set. Du bør overveje at få dine brystvorter piercet. Brysterne ville se endnu mere tiltalende og uimodståelige ud for din Mester." sagde Alan meget alvorligt, mens han studerede hende.

Hun blancherede, mens han talte.

Han må have set blikket i hendes øjne, da hun hurtigt vendte sig mod Anne.

"Tag din skjorte af, så Susan kan se din."

Han vendte sig mod Susan.

"Hun fik dem gjort kort efter hun kom til virksomheden."

Susan kiggede på den blonde kvinde, der ikke var i stand til at møde Alans øjne, mens hun rødmede endnu mere.

Anne havde en bh på, der ikke dækkede hendes store bryster, men derimod støttede dem som på en hylde.

Hendes bryster var prydet med lange, brede, gyldne ringe, dinglende fra hendes brystvorter.

Susan frøs, indtil Alan hægtede sin finger på den venstre bøjle og løftede den op, og tvang hendes bryst til at strække sig ud i en kegleform, hvilket fik Anne til at stønne gutturalt.

Alan slikkede sig om læberne og smilede.

"Hun er bare smuk, synes du ikke Susan?"

"Ja, hr. Clarkson."

"Uimodståelig som jeg sagde, men vi skal alle arbejde, før vi kan spille." Han vendte sit smittende smil mod hende og blinkede: "Du må hellere løbe hen til dit skrivebord Susan, din Mester vil sikkert vente på dig. Lad ham vide, at jeg vil se på filen inden frokost i dag. Vi ses der ."

Han klukkede og sendte hende tilbage, mens han stadig holdt en klynkende Anne ved guldringen.

"Ja, hr. Clarkson," sagde Susan, vendte sig om og flygtede næsten fra kontoret og lukkede stille og roligt døren bag sig.

Han tog en dyb indånding for at berolige sig selv og skyndte sig tilbage til sin Mesters kontor.

Hun havde ikke lyst til at stoppe eller tale med nogen på vej tilbage til sit skrivebord, og hun gik med sænket hoved, gemte sin rødme og bøjede sig for at forsøge at skjule sine klirrende bryster.

Han nåede frem til hendes skrivebord i rekordfart og sendte hende en øjeblikkelig besked for at fortælle hende, at hun var tilbage.

STRAFFERUMMET

Han ringede til hende med det samme.

Han gik ind på sit kontor og faldt på knæ lige uden for døren.

Han rejste sig og gik hen mod hende ved indgangen til værelset og gøede:

"Følg mig. Du er forsinket."

Hun sprang op og løb efter ham ind i et tilstødende rum kun få skridt bag ham.

Dette værelse havde en mærkelig dekoration.

Han vendte sig.

"Bliv nøgen, men behold sokkerne på."

Hun fulgte hurtigt hans kommandoråb, adlød ham uden omtanke, stod nøgen og skælvende, med klokkerne på brysterne klirrende.

Hendes opmærksomhed blev tiltrukket af ham, da hun så ham åbne en skuffe og trække et hvidt korset frem.

Han trådte bag hende, viklede korsettet om hendes krop og begyndte at binde hende fast om hendes talje.

Skålflapperne fulgte kurven af hendes legende bryster og sluttede lige under brystvorterne.

De små, hårde, lænkede lyserøde knopper stak ud over guldkæden og klokkerne og tilføjede deres støn.

I mellemtiden forblev hun ubevægelig, kiggede tomt på væggen og koncentrerede sig derefter om sine hænder og satte pris på fornemmelsen af korsettet, som han bandt hende med.

Han slog hende bagud, da hun var færdig.

Hun skreg overrasket over mere end smerte, da han samlede hende op som en dukke og smed hende og satte hende fast til en polstret bjælke, der var en del af de mærkelige møbler i dette rum.

Hun var høj, og hun fandt sig selv dinglende ved sine ben og sparkede til strålen for at genvinde balancen, da den endnu engang slog hendes numse op.

Han flyttede sig lidt væk og spurgte hende.

"Hvad tog dig så lang tid, lille slave? Spildte du tid på, at alle lederne kunne se, hvilken tøs du er med dit nye tøj og tilbehør?"

Hun stønnede og rødmede endnu mere.

Hendes ansigt blev skarlagenrødt, da hånden prægede hendes bund.

Hun mærkede ham bevæge sig og børste sig mod hende, mens hans fingre spredte hendes balder og kælede for hende.

Hun kiggede over skulderen på ham, mens han så på hendes røv og rødmede endnu mere, hendes ydmygelse over at mishage ham og den sårbare stilling, hun fik hende til at krybe ved hans ord.

Hendes vejrtrækning blev anstrengt af det stramme korset, så hun begyndte at gispe og stønne.

Hans hænder skilte hendes balder, og han kiggede ned på det stædige legetøj, mens hun rystede med sin røv, der klemte ham.

Han førte sine hænder over hendes glatte hud og frydede sig over, at hun var hans til at dominere og nyde, som han ønskede.

Han så hendes glinsende våde kusse, mens hans fingre legede med stikket, og knurrede:

"Jeg kan se, du har nydt at bære det her for mig, din lille tøs."

Han talte med en kant til stemmen, mens han let klemte proppen, så hendes anus langsomt strakte sig igen foran hans øjne.

Hun stønnede, næsten forpustet.

"Ja Herre".

Han smilede og nød synet og lyden af denne perfekte lille krop.

Hans klagende musik i hendes ører, da han fjernede proppen, mens han langsomt så ringen af hendes anus langsomt åbne sig og knytte sig sammen som en stram mørk stjerne.

Han hånede hende endnu en gang med sin finger:

"Hver del af dig er min, lille slave! Intet er begrænset for din Mester."

Hans finger stødte ind i hende og hørte hende skrige som svar på ham.

Han kunne mærke hendes sult efter ham knap kontrolleret, så han rykkede hånden væk og bakkede tilbage fra hendes knurren:

"Du forstår godt, at jeg skal straffe dig for at komme for sent nu, ikke?"

"Ja Hr."

Hun mærkede stikket i bunden, ikke så hårdt som i går, men nok til at hun gispede og mistede balancen på strålen igen, mens hun rykkede og vuggede.

Han kunne mærke slyngen, en brændende snurren på hans kød, og han begyndte at udstøde undskyldninger og undskyldninger.

Han gjorde hende tavs med endnu en stikkende pisk.

Han fortsatte, mens hans fingre løb gennem de to kanter.

"Du må have spildt din tid, da du var femogfyrre minutter forsinket."

Pisken slog hende igen, to gange efter hinanden, og hun skreg og rykkede i strålen.

"Og i de ekstra fem minutter..."

Pisken landede hårdt på hendes lår.

Hun stønnede, tårerne strømmede ned over hendes ansigt, mens de stikkende svulster udstrålede brændende smerte ned ad hendes krop.

Han kunne se hendes fisse glimte af fugt, så han flyttede pisken mellem hendes ben og gned den flade læderagtige spids over hendes klit.

Hun gispede og rykkede.

Han fortsatte med at lege med hende , rakte ud og tvang en finger ned i bunden, mens hun rystede og stønnede, hendes hofter svajede mellem hans hånd og pisken presset mod hendes hævede klit.

Han begyndte at pumpe sin stærkeste finger ind i hende og tilføjede en anden finger, mens hun bøjede og mjavede i nød.

Hun kom eksplosivt, næsten ved at falde ned fra bjælken, men hans hånd gravede sig ind i hendes bund.

"Sikke en fræk tæve du er, er du ikke? Hvor kan du lide smerte"

Han trak sine fingre tilbage fra hende, mens han så hendes krop gyse af spasmer.

"Du skal vente, indtil din Mester fortæller dig, hvornår du kan komme, slave."

Pisken bed sig endnu en gang i hendes kød, og hun skreg.

"Forstår du mig, slave?"

"Ja Hr."

Hun hylede, mens pisken sendte brændende smerte op over hendes lår igen.

Hun følte i stedet for at se den lille strækbare stofstrimmel, han trak hendes ben op og satte sig om hendes hofter, før han løftede hende fra strålen og op på rystende ben.

Hun kiggede ned, strimlen af materiale var lavet bred nok til at dække hendes køn, og først troede hun, at det kunne være som et bælte.

"Udstillingsslave," sagde han, mens han førte hænderne til taljen og udvidede og justerede lårenes og røvens position for hver bevægelse.

Hun indså nu, at det var en slags nederdel til udstilling.

Hun gik hen til et skab og trak et par hvide sko med hæle frem og lagde dem ved hendes fødder, så hun kunne have dem på.

Han kredsede om hende, og hans fingre sporede over de røde kantlinjer, der viste sig under den slående nederdel.

"Du har aldrig set dig selv mere Susan end nu, Susy."

Hun lænede sig ind og kyssede tåresporene under sine stadig rindende øjne og talte sagte.

"Mmm, min lille tøs, jeg elsker at se dine angstudtryk, men vi venter gæster, så gå til det private badeværelse i den anden dør til højre. Du finder dine sædvanlige makeup-mærker der. Reparer dit ansigt og hår . "

Han rakte hende et guldbelagt bånd.

"Tag dette pandebånd på. Ingen parfume. Og kom tilbage til mit skrivebord."

Hun gik ind på badeværelset og stillede sig foran spejlet i fuld længde.

"Hvem er den pige?" tanke. "Hvad var der sket med den 'gode pige', hun havde været hele sit liv? Hvordan var hun blevet til den hore, hun så i spejlet?"

Hun skiftede og vred sig, da hun bemærkede, at nederdelen slet ikke dækkede hendes fisse eller røv, men fremhævede i stedet hendes svulster og hendes konstante ophidselsestilstand.

"Det er et spil" tænkte han og vidste i sit hoved, at det var langt forbi en kamp, og alt han kunne gøre var at vente til slutningen af ugen.

"I slutningen af ugen, hvad ville der så ske?"

Hans tavse spørgsmål stoppede, mens han tænkte på det spørgsmål.

"Træk vejret," sagde hun til sig selv, "Bare træk vejret og adlyd."

Hun slap fri af sine konstante spørgsmål og lagde sin makeup på ansigtet igen.

Hun trak sit bølgede hår ind i en stram hestehale og gik tilbage til spejlet i fuld længde.

"Træk vejret, træk bare vejret og adlyd." Hun gentog sig selv.

Hun tog et sidste blik og trak vejret langsomt, vendte sig tilbage til ham, gik hen til hans skrivebord og knælede foran det, som han havde lært hende.

Han så hende gå med de runde kinder på hendes røv lækkert blotlagte, rygerne røde og vred, mens hun gik forsigtigt på hælene og fik hendes hofter til at svaje som en luder klar til fornøjelse.

"Det er min" sagde han næsten vantro.

Hans træning var gået så godt i denne uge ; bedre end han kunne have håbet på.

Hver forhindring, han stillede op, så ud til at overvinde med relativ lethed.

Konstant bekymret for, at han gik for hurtigt, hun var næsten løbet væk i går, og han havde set frygt i hendes øjne i morges, men til sidst havde hun altid adlød.

Hendes underdanighed var næsten blevet avlet ind i hende af kombinationen af hendes dominerende far og søde moder.

Han havde ønsket hende så længe.

At opdage hendes begær efter erotisk smerte gav kun næring til hans ønske om at dominere hende.

Han ønskede ikke at lade hende gå i slutningen af ugen, selvom han vidste, at han kunne tvinge hende til at forblive en slave gennem afpresning eller tvang, vidste han, at den slags forhold aldrig ville opfylde hans ønsker.

Han havde brug for et bånd af tillid og gensidig kærlighed, for at hun kunne ønske hans dominans, som han ønskede hendes totale underkastelse.

Han så på hende i lange øjeblikke, mens hun knælede foran ham.

Han havde arbejdet hårdt for at nå dette punkt i sit liv.

Han havde sit eget firma og klub, der gav næring til hans mørkeste ønsker om at dominere og kontrollere alt i hans liv.

Han havde en kone, en familie og et hjem, manges misundelse, men alt det havde aldrig været nok.

Han kunne have en hvilken som helst slave i virksomheden eller klubben, og han havde brugt mange af dem på et eller andet tidspunkt.

Men han havde søgt efter den, han kunne besidde og elske på samme tid, noget der altid havde unddraget ham.

Han så ind i hendes lyse grønne øjne.

Susan var anderledes, hendes ønske var, at hun skulle være meget mere end en krop, der skulle bruges og misbruges efter behag.

Han ønskede at besidde, kontrollere og passe den lille pige, dominere alle dele af hendes liv og vise hende, hvor dyb kærligheden til en slave og en Mester kan være.

Hvor anderledes end mand og kone, eller kærester, men at det var så meget dybere og mere tillidsfuldt.

Han tog et hvidt fløjlsbånd op fra hendes skrivebord og lænede sig frem for at kysse hende dybt.

Da han lagde båndet på plads om hendes hals.

Hun hoppede, da hun hørte klippet, der lukkede det som en stram choker.

Hans hænder fortsatte med at kærtegne hende, mens kysset blev ved.

Han strøg hendes skuldre og ned over hendes bryst for at knibe de hårde små knopper, rystede dem for at høre lyden af klokker og hendes stønnen ind i hans kys.

Da han brød kysset, rejste han sig og trak hende tættere på sig ved hendes brystvorter.

"Vores gæster kommer snart, kom min lille slave."

Han tog hende med til mødelokalet og skubbede hende foran sig, han sagde blot:

"Kom derover."

Han så på hende, mens hun bed sig i læben og så på antallet af stole.

Hun bevægede sig til hovedet af det ovale bord og knælede på gulvet ved siden af, hvad hun troede var hans stol.

"Godt, min lille slave, hvilke ting har du lært godt i dag?"

MØDE MED MESTERNE

Køkkenpersonalet var ankommet med maden og havde travlt i det lille køkken med at forberede de sidste detaljer i banketten.

I mellemtiden tog hans Mester en stor stol og bad ham sætte sig ved siden af ham og pegede på et sted på gulvet.

Hun rystede sig, da han tog hendes plads og lyttede, mens han talte sagte til hende:

"Mændene, der kommer i dag, er nogle af mine ældste venner. De er også mestre, og de vil tage deres slaver med."

Han så hende, mens hun absorberede hans ord, og fortsatte så:

"Du vil adlyde dem, som du ville adlyde mig. Men jeg vil ikke lade det skade dig, lille Susy."

Hun bed sig i læben, svirperne, der prydede hendes underdel, og benene dunkende stadig med beviserne på, hvad der ville ske, hvis hun svigtede ham.

Hun så op, da han tav, og så ham ind i øjnene, hviskede hun:

"Hvis jeg elsker".

Han var ved at spørge noget andet om sine gæster, da en mand med en pige i snor kom ind på kontoret.

Han smilede varmt, rakte en hånd frem for at gribe Roberts og trykkede den fast.

"Er vi de første, der ankommer?"

"Faktisk, Steve, det er rigtigt. Dejligt at se dig." Han kiggede ned og spurgte: "Og hvordan har du det i dag, Shaky?"

Susan blev overrasket, da pigen svarede med et "hiip", som lyden af en lille hund, og vred sig, da han klappede hendes hoved.

Susan kiggede nærmere på hende, da hun lagde mærke til, at hun bar et rødt læderkrave med ordet 'tæve' skrevet med diamanter på forsiden.

Susan beundrede den blondekjole, slaven havde på, da hun hørte hendes navn og så rødmende op, da den anden Mester hilste på hende.

"Dejligt at møde dig, sir", kom hun ud med en skinger stemme, mens hun rødmede endnu dybere, meget bevidst om, hvor udsat hun følte sig.

Hendes opmærksomhed vendte tilbage til døren, da hun hørte et højt grin fra Alan Clarkson, som kom ind med en mand, der var identisk med den mand, der lige havde hilst på hende.

Susan kiggede fra den ene til den anden med hovedet drejet, mens hun så på de to tvillingemestre.

I en omtumlet tog det hende et øjeblik at indse, at en slank pige stod tavs bag det grinende par Mestre.

Den, der var kommet ind med Alan, var Master John, Steves tvillingebror, efterfulgt af en slank pige, hans slave Samantha.

Der var selvfølgelig også Anne bagved, som smilede og blinkede til ham.

De sidste to medlemmer af gruppen ankom med deres piger i løbet af få minutter.

Susan sad stille og forsøgte ikke at tiltrække sig opmærksomhed, da mændene hilste på hinanden og pigerne.

Hun bøjede hovedet og smilede, da hun blev mødt, uden at stole på den skingre stemme, der havde hilst på den første Mester.

Det var derfor, han tav i sin nervøsitet.

Alle flyttede ind i mødelokalet, som havde fået fornemmelsen af en gammel spisestue af det dygtige køkkenpersonale.

Susan studerede de sidste gæster.

Mester Barry var en kraftig mand, klædt mere afslappet end de andre mestre, da han var i jeans og en jakke, der så mærkelig ud i modsætning til de fint skræddersyede jakkesæt fra de andre mestre.

Han blev fulgt af Cinthia, en høj, atletisk bygget blondine, hvis muskler så ud til at kruse ved hver bevægelse.

Det sidste par var Master James, en ældre herre med klare blå øjne, som blev fulgt af Amy, en buttet pige med en lille mund, der fik hende til at ligne en amors engel.

Alle pigerne sad ligesom hende ved siden af deres respektive herres stole, da tjenerne trådte ind med vin og mad til første ret.

Hendes Mesters hånd fodrede hende med små bidder fra hans tallerken, og hun svælgede i smagen af den rige mad.

Hun så de andre piger, mens mestrene talte om forretninger og fælles venner.

Anne lænede sig med armene om sin Mesters ben, Shaky så ud til at krølle sig sammen på sin Mesters fødder, Amy havde hvilet sit hoved på sin Mesters lår, og Cinthia så ud til næsten at ryste sin hestehale med små bevægelser af sit hoved.

Anne fangede hans øje og blinkede.

"Vi har brug for en serviceklokke her Robert, hvor er de tjenere?" Mester James klagede.

"Måske kunne vi rocke Susan i stedet for" grinede Alan.

De ældre mestres øjne lyste op ved udsigten, og rynkede så.

"En pige så lav, at jeg tvivler på, at hun kunne lave nok støj."

Robert lo venligt.

Holder du nogensinde op med at klage, James?"

"Det kunne jeg, hvis du rystede din lille pige."

Susan så på, mens hendes Mester rakte ned og trak kæden mellem hendes brystvorter og rystede den, så klokkerne ringede sødt.

"Jeg tror du havde ret, James, det larmer ikke meget."

Efter at have sagt dette, slog hans hånd lynhurtigt ud og ramte hendes højre bryst, hvilket fik hende til at græde mere af overraskelse end smerte.

"Var det bedre?"

"Det var næppe mere end et hvin."

James smilede og hans blå øjne glimtede op til hende.

Som som svar på det såkaldte knirken dukkede tjenerne op og ryddede tallerkenerne og erstattede dem med mere overdådig mad.

Mestrene vendte tilbage til at tale om forretning, mens Susan igen studerede pigerne.

Hun spekulerede på, om de valgte at være slaver , eller om de ligesom hende var fanget i den situation.

Men var hun fanget?

I starten måske, men nu var hun ikke så sikker på det.

Måske begyndte han at kunne lide hende mere end noget andet.

Han så sig om i gruppen igen og rystede på hovedet.

Dette virkede næsten ikke rigtigt.

Det normale ved at sidde ned og modtage små håndfulde fra deres Mesters tallerken, som om dette blev gjort hver dag.

Måske var hun blevet så fanget af dette spil, at hun ikke længere betragtede sit slaveri som en dårlig ting?

Hendes tanker farede gennem hendes sind, mens hun lydigt åbnede og lukkede munden for endnu en bid.

Han spekulerede på, om pigernes følelser var en del af deres egen personlighed, eller om de var blevet formet efter deres mestres vilje.

Og hun undrede sig også over, hvordan disse piger måtte se på hende, med deres konstante rødme og naivitet,

Kunne de fortælle, at hun ikke var en ægte slave?

Fortabt i sine egne tanker havde hun ikke lyttet til mestrenes samtaler og blev overrasket, da de andre mestre begyndte at rejse sig og forlod lokalet og efterlod pigerne alene.

Han så nysgerrigt op på sin Mester, da han også rejste sig.

Han bøjede sig ned og strøg hendes hår blidt.

"Jeg kommer snart tilbage lille skat."

Hun nikkede let og så dem gå.

Så snart døren lukkede, rejste den buttede Amy sig op og undersøgte bordet, før hun gled ind på sin Mesters tomme sæde og løftede sit næsten fyldte vinglas til sine små læber.

Samantha himlede med øjnene.

"Din møgunge Amy, du må hellere ikke blive fanget derinde."

"Giv det en pause, Samantha, du er ikke den ældste pige her." Shaky kimede ind: "Amy er altid en møgunge, der ikke vil ændre sig, og vi skal have det sjovt med den nye pige." Hun sendte et tandfuldt smil i Susans retning. "Du skal fortælle os, dejlige Susan, hvordan du fangede den undvigende Mester Robert."

Hun havde sneget sig tættere på hende og lå på maven med hænderne støttende hagen, mens hun ventede på svar.

Hvordan kunne hun fortælle disse piger, at hun var fanget?

At hun intet vidste om slaveri, og at det var startet som en leg for hende.

tanker rasede, og hun rødmede dybt, mens pigerne stirrede på hende og ventede på et svar.

Samantha reddede hende:

"Jeg tror ikke, Susan havde nogen idé om alt det her, skat."

Susan rystede på hovedet og sænkede øjnene.

Og Samantha fortsatte med at hviske konspiratorisk til de andre:

"Jeg havde aldrig været slave før denne uge." Hun vendte sig mod Susan og gav hende et beroligende smil, "bare rolig skat, disse piger kommer ikke rigtig til at have det sjovt med dig. Det overlader vi til mestrene." Hun lo.

"No way! Er det sandt?" Shaky så ind i Susans ansigt med ivrig nysgerrighed.

Amy kom også tættere på, "Nå, ja, en sød uskyldig pige, som ville have troet, at det var det, mester Robert ledte efter, overrasket over at kende hendes smag."

Susan forsøgte at undgå sin egen overraskelse, mens de talte om hende, men hun kunne mærke varmen fra en rødme fylde hendes kinder.

Amy fortsatte: "Din Mester har aldrig taget en slave som sin egen før. Tror du, han vil beholde dig?"

Susan kiggede op med store øjne og skreg:

"Behold mig?" Hun rystede på hovedet, "Jeg troede, det ville blive et sjovt spil, men nu er alt rodet i mit sind. Med jer alle her, virker det som det mest normale i verden, men jeg ved det ikke rigtigt . hvad jeg laver det meste af tiden."

"Åh hold kæft skat, alt er fint." Samantha sagde med et blink: "Jeg har set dig hele ugen, og du ser mere fantastisk ud for hver dag, der går."

Shaky smilede. "Du er virkelig en rookie, nej! Tja, bare ved, at hvis han lader dig møde alle vores mestre, tror jeg, han har planer om at holde dig omkring et stykke tid." Shaky slikkede Susans kind og fik hende til at grine, "Og det ville være rart at have en ny legekammerat, eller foretrækker du Samantha?"

Amy kiggede ned fra bordet og spændte læberne sammen.

"Der er mange slaver i klubben, som har lidt for at have båret mester Roberts halskæde. Hvis han beslutter sig for at blive hos dig, burde vi være i stand til at høre dem alle sammen." Hun lo , klappede i hænderne og tog endnu en tår af sin Mesters vin. "Jeg ville elske at se nogle af deres ansigter, når de finder ud af det."

"Jeg gætter på, hvad pigerne mener er, at det ser ud til, at Mester Robert har planer om at holde dig hos ham." Anne stoppede, da hun så angsten i Susans øjne. "Du kan lide at være hans slave, ikke?"

Susan blev overrasket over spørgsmålet.

Han kunne lide?

Hun bed sig i læben, da hun tænkte over det.

Hun havde fortalt sig selv, at hun var en god pige, der blev tvunget til slaveri, men hvordan kunne hun sige det til disse piger?

Hun ville desperat spørge, hvordan de blev slaver.

Havde de et valg om at beslutte, om de var... okay?"

Cinthia bevægede sin hestehale, snøftede let og bøjede hovedet.

Amy gled til jorden og pegede på Cinthia og hviskede:

"Jeg ved ikke, hvordan han gør det!"

Et øjeblik efter gik døren op, og tjenerne kom for at rydde af bordet.

Hver af pigerne stod stille på plads, mens tjenerne arbejdede hurtigt på at fylde bordet op med frugt og oste, og de blev alene igen.

Igen kiggede alle de andre piger på Susan og ventede stadig på en form for svar.

"Jeg ved ikke, hvad jeg laver, endsige hvad jeg vil," sagde Susan trist. "Dette er ulig noget, jeg har oplevet før. I virker alle så søde, så, um, normale!" Cinthia snøftede og løftede et øjenbryn. "Jamen du ved, hvad jeg mener, for den normale verden er stereotypen af en sexslave..." hun søgte efter det rigtige ord.

Hun gav op og trak på skuldrene.

"Åh, okay dukke," kom Anne til hendes forsvar. "Vi kender stereotypen, men hold dine øjne og dit sind åbne for alt, hvad du ser og hører, og du vil indse, at der ikke er noget normalt i hele denne verden. Tænk på sex som is, hvis alle kunne lide vanilje. Hvilken kedelig verden ville det være ."

Amy himlede med øjnene og nikkede så til Susan.

"Is er en klæbrig gammel analogi, men det virker. Folk kan lide forskellige ting, mad, biler, tøj og sex. Jeg vil sige, du skal bestemme selv, men jeg tror, at den beslutning allerede var truffet for dig."

Susan bed sig i læben og var ved at protestere over, at hun havde en dag mere til at beslutte sig, men hendes tidlige varslingssystem, Cinthia, bragte dem tilbage på plads, lige da Masters vendte tilbage til deres pladser og snakkede jovialt om klubvirksomhed og fælles bekendte.

Efter hvad der så ud som timer, men sandsynligvis ikke mere end én, kvælede Amy en gab uden den store succes og tiltrak bordets opmærksomhed.

Mester James kiggede ned, "Nå, det er hvad du får for at blive oppe efter din sengetid, skat."

Han så buldrende op og begyndte at protestere: "Men..."

Et strengt blik fra hendes Mester frøs hendes tunge, og hun undskyldte og knælede og rettede sig op.

James smilede derefter og pjuskede sine krøller.

"Hvorfor spørger du ikke Mester Robert, om du kan lege med Susans klokker for at holde dig beskæftiget lidt endnu, og så tager jeg dig hjem, lille?"

Ondskab funklede i hendes øjne, da hun rejste sig og så sødt vendte sig mod Robert og sagde.

"Åh tak, mester Robert, må jeg? De er så smukke små klokker, og du har sådan en smuk slave."

"Hvordan kunne jeg sige nej til sådan en sød en pige?" Robert smilede.

"Tak Mester Robert, tak!" Amy boblede op og forsvandt under bordet for at kravle over til Susan.

"Det ser ud til, at hun er vågen nu." Alan lo, da Shaky gav et ophidset hyl og faldt til ro med et hurtigt ryk i snoren.

"Det ser ud til, at alle vil lege med den nye pige." Barry mumlede.

Robert smilede til hende.

"Jeg kan ikke sige, at jeg bebrejder dem, jeg kan virkelig godt lide at lege med hende."

Dette blev mødt med megen latter, og han blev endnu en gang rødmende rasende under besigtigelse af rummet .

Amy sad glad ved siden af hende og legede med Susans brystvorter og ringede med klokkerne i forskellige tempi, mens samtalen fortsatte omkring hende.

Hun mærkede sin Mester lege med sin hestehale og så ind i hendes gennemtrængende øjne.

Hendes ånde trak sig, og hendes egne øjne blev store, da hun mærkede Amys mund strammes om hendes brystvorte.

Mens han spillede klokkerne med fingrene, bevægede hans tunge sig over hendes hårde lyserøde plet.

Hans Mesters øjne blinkede og krøllede i hjørnerne i et smil, der ikke kun fandtes på hans mund.

"Det ser ud til, at min pige er for spændt som sædvanlig, jeg må hellere tage hende med hjem, ellers bliver hun for nervøs til at sove igen.

Kom så pige, lad os tage dig hjem." Mester James rejste sig, mens han talte.

Amy bøjede hovedet tilbage og slap brystvorten, hun havde ammet, med et højt knald.

Han så op og spurgte stille:

"Må jeg kysse dig farvel?"

"Ja skat. Så tak mester Robert, så er vi på vej."

Amy lagde den ene hånd på Susans kind og den anden på Susans hals og holdt hende på plads, mens hun pressede sine læber mod sine.

Susan mærkede den insisterende tunge og skilte sagtmodigt hendes læber, da den buttede kyssede hende blødt, men dybt, og udforskede hendes mund med en flagrende tunge, hvilket efterlod Susan forpustet ved slutningen af kysset.

"Hej min nye ven, jeg håber vi ses mange flere gange. Du skal komme til en legeaftale, jeg har masser af godt legetøj!" Hun klynkede, da hendes Mester rømmede sig og rejste sig: "Tak, fordi du lod mig lege med Susan Mester Robert."

"Du er velkommen skat, sov godt. Din sure gamle herre ser udslidt ud."

Amy tog sit mest forførende uskyldige ansigt på: "Tror du på det?" Hun kiggede sin Mester op og ned: "Måske skulle jeg tage mit sygeplejerskesæt frem, når vi kommer til mit hus og give det en check."

"Åh, jeg tror bestemt, det er det, du har brug for, skat. Gå nu og gå hjem."

James stønnede: "Tak for det min ven, måske næste gang kan jeg fylde Susans hoved med gøremål for at holde dig beskæftiget."

Amy smilede og vendte sig tilbage til bordet, "Hej damer og damer."

Hun tog så sin Mesters hånd og fortsatte med at føre ham ud af rummet, mens han sagde farvel.

Steve grinede og sagde stille til John:

"Åh, jeg tror, det bliver endnu en aften at huske for den frække møgunge."

John grinede.

"Medmindre James beslutter sig for at slå hende på den lange tur hjem."

"Cinthia og jeg burde også være på vej nu, jeg vil gerne til rideklubben, og vi har en masse forberedelse at gøre." Barry buldrede i sin dybe baryton.

Robert rejste sig og smilede.

"Åh ja, selvfølgelig. Det er heldigt, du var i byen til vores møde. Tak fordi du kom Barry."

Robert gik hen mod døren til værelset, før han vendte sig om og viste de andre:

"Hvorfor flytter vi ikke til de mere komfortable stole, når natten nærmer sig? Udsigten er ret god deroppe."

Mestrene rejste sig og fulgte efter med deres piger bagefter.

Anne skubbede Susan til at flytte sig.

Han havde set Cinthia og hendes langbenede gang, da henvisningen til rideklubben endelig klikkede ind i hans sind.

Han så mere kritisk på de andre piger end at prøve at se deres kvaliteter, så at sige.

Shaky var en yndig lille hvalp, og Anne var en frodig, sexet pige, men Samantha forvirrede hende.

Susan var forundret over at se pigen gå, hun var lige så yndefuld, som om hun var en ballerina.

Susan følte sig endnu en gang malplaceret, der var ikke noget særligt ved hende, og hun havde meget at lære.

Hun indså, at hun aldrig kunne være speciel som disse piger, og at hendes mester kun havde leget med hende.

Med dette indså hun, at han ikke ville, ikke kunne beholde hende som sin slave, hvis hun ikke havde en særlig egenskab.

Hun følte en bølge af lettelse gennem sig over, at hun ikke selv skulle bestemme.

Men hurtigt blev følelsen efterfulgt af en sorg.

Hun bed sig i læben fortabt i tanker, fulgte sin Mester til hans stol og satte sig ved siden af ham.

Hun rystede tankerne ud af hovedet igen, da hendes Mester atter slog sin hånd om hendes hestehale og så op på ham.

"Hej John, få din pige til at tjene mig, bror, denne slave er ubrugelig med noget, der ikke kommer i en flaske eller dåse."

Steve skubbede Shaky med sin fod, og hun knurrede blidt til ham, hvilket fik ham til at rynke panden.

Med et nik fra sin Mester bevægede Samantha sig mod Mester Steve med dansende fødder.

Hun pressede sin krop mod ham og slikkede hans hals op til hans øre, nappede blødt og spindende:

"Mester, hvad vil denne slave have mig til at give dig i aften?"

"En skotsk tak, dejlige."

Samantha foldede sig ud fra sin krop, snurrede på sine fodbolde, og hun gled mod køkkenet.

Hun tørrede et frisk glas ned og vendte sig let for at give tilskuerne et udsyn til den lune, buede kontur af hendes krop, mens hun gled glassets kant op og hen over hendes brysts svulme, rystende og tog en dyb indånding.

Susan kiggede fascineret på hende.

Anne fyldte sit glas halvt, inden hun åbnede fryserdøren, og lod den kolde luft skylle ind over sig.

Denne luft fik hendes brystvorter til at hærde og afslørede deres spidse spidser tydeligt under det fine silketøj, hun bar.

Han greb is og tabte den i glasset med et højt klirren.

Hun lukkede fryserdøren med en hoftebevægelse og lænede sig tilbage, rystede på hovedet og lod håret falde i en bølge af mørk silke.

Hun vendte sig mod Mesteren, hendes bryster børstede hans arm og løftede glasset til hendes læber først for at kysse kanten, hun spindede:

"Din whisky, Master Steve, denne slave håber, at din tjeneste har behaget hende."

"Udsøgt service som altid, og noget sødt. Gå nu tilbage til din Mester, før han glemmer, hvem du tilhører."

Susan var beæret over, hvordan Samantha fik det til at se så sexet ud at skænke en drink.

Hun fandt ud af, at hun ville være i stand til at gøre det og så op for at se sin Mesters reaktion for kun at se, at han iagttog hende opmærksomt.

Hans tanker sprang ind i hovedet på ham.

Ville hun være så sjov at behage ham?

Måske kunne hun lære at være så elegant og attraktiv, og måske ville mesteren så gerne beholde hende.

Hun havde overbevist sig selv om, at han ville sende hende væk, når ugen var gået.

Fanget i sin fremadrettede tankegang undrede hun sig igen: Var det det liv, hun ønskede, at blive ejet som slave, at blive nægtet sin valgfrihed ved at adlyde enhver befaling? Kunne hun lære at være speciel på en eller anden måde? behage ham?"

Hendes ønske om at behage ham endnu en gang overdøvede alle hendes andre spørgsmål, og hun vendte sin opmærksomhed tilbage mod Herren, som fortsatte med at spøge, mens eftermiddagen gik på hæld, og himlen blev blæksort.

Tvillingmestrene nægtede yderligere drinks med den begrundelse, at de havde en forlovelse i klubben den aften, og Alan sagde også, at han glædede sig til at besøge klubben og se, hvad der var udstillet.

Robert nægtede at slutte sig til dem med den begrundelse, at han stadig havde arbejde at tage sig af.

Han rejste sig for at gå hen til døren til mødet og snakkede venligt, og Susan fulgte lydløst efter og takkede Anne for al hendes støtte gennem den lange eftermiddag og aften.

"Åh skat, det var ingenting, vi har alle været nye til denne livsstil på et tidspunkt."

Anne kyssede Susan på kinden og fulgte efter Alan ind i elevatoren.

Da elevatoren endelig lukkede, vendte Robert sig og gik tilbage ind på kontoret, sikker på at hun ville følge efter.

Mens hun knælede foran ham og lænede sig tilbage på sine hæle, lænede han sig frem for at kærtegne hendes kind.

"Jeg er meget glad for din præstation i dag, pige."

Han lænede sig ind for at kysse hende dybt, og hun mærkede sommerfugle flagre i hendes mave og et gys ned ad ryggen.

Jeg var glad!

Den glæde, hun følte, var til at tage og føle på, kombineret med hans kys.

Han tænkte ikke på andet end hvordan hans ord og hans berøring fik hende til at føles.

"Nu hvor vi har sørget for, at du har fri, så lad os spille et spil Susy. Jeg ved, hvordan du kan lide spil." Han smilede til hende med et vidende smil.

"Ja Hr." hviskede hun.

Hun havde håbet, at hun med gæsterne væk ville få lov til at tage hjem og slappe af.

Det havde været en meget lang dag, og hun var meget forvirret, med alle hendes tanker viklet ind i hendes sind.

Han fortsatte:

"Vi kan hver stille tre spørgsmål om aftenen. Du kan spørge mig om alt, hvad du vil vide om vores gæster og aftenen. Jeg vil stille dig spørgsmål om, hvad jeg håber, du har lært. Og som altid, hvis jeg ikke er det hvis du er tilfreds med dine svar, vil det få konsekvenser." .

Han vred sig ved, at han ikke var opmærksom nok på små detaljer, og hans tanker vandrede ofte,

Hun burde have vidst, at der ville komme en test, han testede hende altid på en eller anden måde.

Men hun nikkede og hviskede:

"Hvis jeg elsker".

"Okay så, lad os nu komme i gang, giv mig navnet på hver gæst og deres slave."

Han tog en dyb indånding, og med en rysten i stemmen begyndte han:

"Alan Clarkson og hans slave Anne, Steve Goodman og hans slave Shaky, John Goodman og hans slave Samantha, James Smith og hans slave Amy, og Barry Collins og hans pige Cinthia."

Hun bed sig i læben, da hun ikke var blevet formelt introduceret, havde hun hørt navnene og sat efternavnene sammen ud fra sin praktiske viden om de noter og e-mails, hun havde sendt dem som deres assistent.

"Meget imponerende," smilede han, "men jeg er bange for at som slave , hvilket var din eneste rolle i aften, skulle I hver især blive tiltalt som Mester efterfulgt af jeres fornavn." hun klappede sit skød, da hun så sin underlæbe hænge, "På mit skød, lille Susy."

De smertefulde svulster, der havde præget hende som en hore tidligere på dagen, var for længst falmet.

Han førte forsigtigt sin hånd over hendes underdel, før han slog ham hårdt og så håndaftrykket begynde at lyse lyserødt på hans glatte hud.

Hun bed sig stønnende i læben, mens hun bevægede sine ben.

I mellemtiden faldt hans hånd fire gange mere, en for hver af de mestre, der havde deltaget i den sene frokost.

Et par tårer var løbet ned af hendes kinder, mere af at have skuffet ham end fra slagene, da han rørte ved hendes røv og foreslog:

"Din tur".

Hun tænkte og spurgte:

"Hver af pigerne var specielle på en unik måde, eftersom Shaky var en unge pige, er de trænet til at være sådan af deres mestre, eller er det sådan de er naturligt?"

"Nogle slaver har en forkærlighed for en bestemt rolle og vil blive taget af en Mester og trænet til deres ønsker og behov." Han stoppede et øjeblik, før han fortsatte: "Nogle mestre foretrækker et tomt lærred og vil tage en pige og forme hende efter deres smag. Men for begge muligheder skal pigen have en naturlig underkastelse. Tving trældom til en pige gør det ikke altid blive så godt, som en Mester gerne vil."

Hans sind skred.

Blev hun ikke tvunget?

Det startede som et spil.

Hun havde sagt ja til at være hans og adlyde ham fuldstændigt i en uge.

Hun indrømmede, at hun ikke var blevet tvunget til at acceptere det, men hun vidste ikke rigtig, hvad hun accepterede.

Hånden, der strøg hende bagved, stoppede, da han begyndte at tale, og hun lyttede opmærksomt til hans næste spørgsmål.

"Af de seks piger her i aften, fortæl mig om hver af dem særlige talenter, som du så dem."

Han vidste, at der kun var fem piger, men han kunne ikke lide at rette ham, mens han var i en så sårbar position, så han begyndte:

"Shaky er meget hvalpeagtig. Jeg tror, Cinthia er en pony. Amy er meget barnlig. Anne er en barmfagre blond bombe. Samantha smed mig af, men jeg tror, hun er en ballerina og bevæger sig meget yndefuldt."

Hun drejede hovedet for at se håbefuldt på ham.

Han slog hendes numse hårdt to gange.

"Anne er ligesom dig, min lille Susy, ophidset af smerte på en måde, som de fleste slaver ikke nyder. Samantha, for eksempel, er slet ikke ophidset af smerte eller straf. Hendes glæde kommer af at glæde hans Mester. Og han skinner i den måde, han tjener, dansende. Hans Mester følger orientalernes livsstil." Hendes hånd svævede igen, og hun løftede et øjenbryn, "og det sjette?"

Hun bed sig i læben med en pandebryn, mens hendes sind skyndte sig for at finde ud af, hvem hun havde savnet i sit svar.

Hun så hans smil, mens hans hånd sænkede sig igen.

Hun skreg og udbrød:

"Jeg forstår det ikke, da der kun var fem piger."

Han slog hende igen, da hun svarede:

"Du glemte den vigtigste slave, min!" Hans hånd kom ned igen for at gøre hans pointe. "Du var der, var du ikke?"

Hun vendte sig om og råbte:

"Ja, Mester, men jeg er ikke speciel, jeg har ingen særlige talenter."

Hun sænkede hovedet og lod tårerne falde.

Hans hjerte sprang et slag over, hun var virkelig så uskyldig og naiv, så speciel i sit behov for at behage og tjene, at hun holdt op med alle de krav, han havde stillet til hende, og næsten villigt accepterede hans straffe.

Hun var med sit rødme og søde gemyt indbegrebet af en naiv, og hun var ikke engang klar over det.

Hans søde lille prinsesse offentligt og hans smerteelskende luder privat, når han ønskede det.

"Har jeg ikke fortalt dig hele ugen, at du er speciel ? Hvad er specielt ved mit ønske om dig og behovet for at eje dig? Efter at have mødt nogle af mine venner, tror du, at jeg ville præsentere dem for en slave, som ikke var speciel? " Han brølede næsten den sidste og fik hende til at ryste og hendes sind spolerede i forvirring.

Susan stønnede.

"Ja Mester, jeg mener nej Mester, Åh..." råbte hun, "Jeg ved ikke, hvad jeg mener."

Hans hånd fortsatte ned ad hendes nu røde røv og fik hende til at stønne mere, varmen strømmede gennem hendes krop, da han slog hende, så hun gned sin mave i hendes skød, mens hun mærkede hans hårdhed vokse og hendes fisse gnide mod hendes lår.

Hun lukkede øjnene gispende og stønnede højt.

Varmen, smerten og fornemmelsen af ham sendte spasmer gennem hendes krop.

Lige da hun var ved at komme, holdt han op med at placere sin hånd tungt på den lille del af hendes ryg og holdt hende på plads, så hun ikke kunne bevæge sig.

"Og dit næste spørgsmål er..."

Hun kunne ikke tænke klart, hendes behov for at komme så påtrængende, at hendes krop rystede og hun stønnede.

"Hvad vil du lige nu, som du skal spørge en lille tøs om?"

Hun mærkede den intense forlegenhed dække hende, da hun udtrykte sit behov:

"Vær venlig mester, jeg skal komme, lad mig komme."

Det var første gang, han havde spurgt hende, og det var som en sidste forhindring, at hun ubesværet havde sprunget.

Han løftede sin hånd ind i den og begyndte at slå de faste runde kinder igen, hans hånd hoppede af den røde overflade, mens hun slog ind i hans lår og pik.

Han ville hende så gerne, at han tvivlede på, at han kunne vente en uge med at tage hende, men han var nødt til at vente for at sikre sig, at hun ville blive.

Hun stivnede og udstødte et langt, gispende hvin, mens hendes hoved svømmede i smerte og nydelse.

Hendes kusse bankede af tiltrængt sperm, som så ud til at skyde nydelsesstrømme gennem hendes krop som skud, mens hun fortsatte med at komme i lang tid.

Til sidst faldt hun slap ned på hans skød.

Han tog hende op og vuggede hende i sine arme.

Da hun restituerede sin lille krop sitrende og puttede sig ind i hans arme.

Han smilede.

"Det ser ud til, at smæk ikke er meget af en straf for dig, min lille smertetæve. Nu har du lige stillet et spørgsmål, så det er vel min tur igen."

Hun sprang og gispede, da hun indså, at spillet ikke var slut, og rystede på hovedet for at rense sine tanker.

Han bøjede hendes hage og bøjede hovedet op for at møde hendes øjne.

"Hvor lang er en uge, Susy?"

Spørgsmålet overraskede hende, hun bed sig i læben og tænkte, at der måtte være et alternativt svar til det åbenlyse, men hun kunne ikke komme i tanke om et, så hun hviskede:

"Syv dage".

Han smilede, mens han så forståelsens morgen på hendes ansigt.

"Du har gjort det godt i den første halvdel af din uge, min lille slave." Han sagde og sørgede for, at hun vidste hans fulde mening.

"Syv dage."

gentog hun hviskende.

Hendes tanker vandrede til de planer, hun havde lavet om at være hjemme hos sine forældre denne weekend for at hjælpe med en jubilæumsfest, og hun begyndte at bide sig bekymret i læben.

Han iagttog hende nøje, før han spurgte:

"Dit sidste spørgsmål, Susy?"

Hun så på ham med bekymrede øjne og hviskende:

"Jeg tænkte...jeg mener, jeg gik ud fra...umm..."

Hun så på hans ansigt uden at læse noget i hans øjne for at hjælpe hende med at fortælle ham, at hun havde antaget, at hendes uge ville være en arbejdsuge, kun fem dage, så hun blev opfordret til at spørge:

"Har slaver fri i weekender?"

SLUT PÅ FØRSTE DEL

www.ingramcontent.com/pod-product-compliance
Lightning Source LLC
LaVergne TN
LVHW101952220826
846093LV00006B/184

* 9 7 9 8 2 1 5 2 4 8 2 0 1 *